欧赫贝的秘密2

席雅拉的旅行

LE SECRET D'ORBÆ

Le Voyage de Ziyara

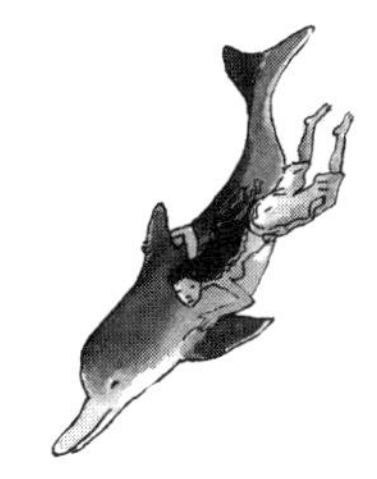

[法] 弗朗索瓦·普拉斯　著

陈太乙　译

François Place

漓江出版社

桂林

著作权合同登记号桂图登字:20-2014-264 号

图书在版编目(CIP)数据

欧赫贝的秘密 2:席雅拉的旅行/(法)弗朗索瓦·普拉斯 文;陈太乙 译.—桂林:漓江出版社, 2015.3(2019.2 重印)
(欧赫贝的秘密)
ISBN 978-7-5407-7411-0

Ⅰ. ①欧… Ⅱ. ①弗… ②陈… Ⅲ. ①儿童文学-长篇小说-法国-现代 Ⅳ. ①I565.84

中国版本图书馆 CIP 数据核字(2014)第 307913 号

策　　划:刘　鑫
责任编辑:吴云芳
装帧设计:居　居

出版人:刘迪才
漓江出版社有限公司出版发行
广西桂林市南环路 22 号　邮政编码:541002
网址:http://www.lijiangbook.com
全国新华书店经销

水印书香(唐山)印刷有限公司印刷
开本:890mm×1 240mm　1/32
印张:5.25　字数:95 千字
2015 年 3 月第 1 版　2019 年 2 月第 4 次印刷
定价:29.80 元

＊导读＊

起航，制作一份属于自己的地图

文／陈太乙　本书译者

在法国，《欧赫贝26国幻游记》第一册于1996年出版，至今已有17年。这一套经典图文书以地志的方式，呈现了26个想象国度的故事。这些国度的轮廓形状与26个字母相近，从A到Z，以这26个字母命名。其中，以“O”开头的圆形大岛欧赫贝（Orbae）专门收集地理资料，研究宇宙万物，记录世界各地的风土人情。在作者的设定里，《欧赫贝26国幻游记》（以下简称《幻游记》）即是当地地理学者的工作成果。一个国度一篇故事，一篇故事一个主角，在不同的时空，各自冒险，各有奇遇。然而，通过传说、对象、事件或人物之流动，不连贯的篇章偶尔出现交集，一个奇幻瑰丽的世界逐渐勾勒成形，似曾相识，生动而逼真。

仿佛用十几年精心搭建出无懈可击的布景，如今电影终于开拍，镜头聚焦于大千世界中的两个个体；仿佛不忍读者迷失于似假还真、百转千回的想象天地，刻意指点方向，开辟一条快捷方式；仿佛那些国度本来就是真的，繁衍着各种生命，精神饱满地活着，滋长出无穷新意，酝酿了满腔话语，想大声对世人诉说；于是，多么美妙的惊喜，是重生也是新生，《欧赫贝的秘密》诞生了。

两种不同的观点，谱出和谐共鸣

两本书，两个人，两条路线，相遇交会，提供了两种看待世事的观点。科尔内留斯的旅行走陆路，横渡沙漠，翻越峻岭，刻画世界坚固刚硬的部分；他代表征服者，一心追寻既定目标，相信人定胜天、理性至上。席雅拉的旅行采海路，海豚相伴，乘风破浪，描述世界动荡柔软的一面；面对大自然，她谦卑渺小，满足于发掘“世界为她保留了什么”，相信不可知的力量。一如地球不能是平的，南与北、东与西、已知的与未知的必然要交流，分属两个极端的这两人互相吸引、相恋、碰撞、磨合……

在《幻游记》中，异同正反之相遇、阴阳刚柔之间的角力，宛如一段隐隐的基调，回荡于各篇章，谱成一首首变奏曲。而在《欧赫贝的秘密》中，作者普拉斯借由男女主角鲜明的性格及迥异的背景际遇，将这些观念分整为两首旋律，先各自清晰地演奏，然后试探种种和声的效果，找出最和谐的共鸣。

一种米养百样人，相反的观点不必然形成冲突。人与人、与万物、与天地的相处之道，何尝不是一场修炼、一趟冒险之旅？除了科尔内留斯与席雅拉的主轴故事，又例如，欧赫贝的内陆大地上，其实住着两支民族。他们对时间及生命的看法不同，因此永远不会相遇，也不知道彼此的存在。印地岗人将蓝山尊为临终之地，季左特人则视之为孕育起源之所在。终点或起点，观点罢了。当这两种观点合而为一，生命循环，生生不息。

地图，领人探索迷人的世界

图书环衬上的地图呈现科尔内留斯所制作的天尘图。图上排列出“已知世界”各区域(包含《幻游记》中的26个国度)的相关位置及距离，并显示简单的地形，某几处

添加当地事物的图案。在故事中，要制作这样一份地图，需用双脚步步度量，船帆分辨方向，出生入死以亲眼见证，采集情报汇集信息以调校精准，再用掺了月光石粉熬制出的天尘墨画出，无比珍贵。

在阅读这两段壮阔旅程的同时，你从这份地图上看到了什么？

如同在《幻游记》中所阐述的，在地球的样貌尚且支离破碎、大半部分仍待探索的时代，地图是一项迷人的物品，不仅揭露山川城镇海洋岛屿等情报，更承载着人类的求知欲、探险精神、智慧勇气，以及野心。地图上的每一个标记，代表着未知成为已知，象征着人对大自然的诠释。在本套作品中，透过“绘制地图”这个主题，普拉斯将人类对大自然的态度做了更直接也更深入的探讨，引领读者去省思：何谓发现？何谓已知？何谓正确？或者，换个方式说：在卫星定位系统发达，电子地图“精准”到甚至提供街景的今天，世界难道不再神秘，人类是否不再迷途？

彩绘女制图师长老萨娜拉有一段发人深省的话：“男人以为他们带回了珍宝，那其实没什么了不起。真正困难的，是供给他们东西去解读。”

地图所记录的，远比我们想象的多。翠玉国博学夜枭宫中的制图师技巧精湛，能推算年月，如实画出某特定时空的星象；欧赫贝宫殿中的宇宙志学者绘制云图，并打算制作沙粒、贝壳和珊瑚树林的海底图，而且特别在意绘图者下笔时的情绪，偏爱充满灵感的路线图。而母图，原始大地起源之依归，它不仅记录新的发现，亦保留演进痕迹。历代探险家之间描述与认知上的出入，不直接称为“错误”，不刻意涂抹更改，仅淡淡留下。这样的累积使山川有岁月，有演变，于是，有了生命：

“是欧赫贝本身借由你们的手表达出其样貌。你们必须坚决画出这种不确定性，你们不再有形体，必须幻化成风、沙和雨。”

于此境界，天人合一。而在《席雅拉的旅行》最终章，我们读到她这一生最动人的地图，那是她的灵魂……

邀你踏上冒险之旅

无论从内容之深度、创作形态，还是风格文笔来看，弗朗索瓦·普拉斯的作品从来没有年龄层的限制，甚至富含许多经过历练才能体会的哲理。然而若他有说不完

的冒险故事，而且永远精彩动人，屡获国际青少年文学大奖，我想，这是因为他对青少年始终有一份真挚的期待。他知道：“在有些人身上，那份对遥远天际的向往，不是区区微风轻吹，拂过无痕；而有如一种召唤，赋予他们灵感，是吸引，而非强迫。”还记得季左特国的故事吗？那是《幻游记》里的最后一篇、最末一个字母，靛蓝双岛之谜似乎有了结局，蓝山“宛如一个句点，位于一串奇幻字母的最尾端”。但其实故事现在才开始。普拉斯从这个终点再出发，邀你打开宝盒，摊开地图，让科尔内留斯和席雅拉带你去那遥远的地方，进入欧赫贝的世界；愿你制作一份属于自己的地图，踏上你想走的道路，记录你的足迹及内心风景。

1

岗妲城上方，很高很高的山里，有一座小村庄，牢牢攀在一块突出的岩盘上。这座村庄的围墙里，顶多圈着百来个生灵；一年中有三个月大雪寂静纷飞。

我从小生活在村子里，光着脚，在黑麦田与栗树林中长大。

我是个不折不扣的野丫头、鼻涕虫和叛逆分子，大部分的时间都在跟男生打架，而且每次赛跑都跑赢他们。男生喜欢看我笑，却不敢小看我的牙齿。我经常奔跑，只为享受在岩石之间飞跃的快感。我攀上崩塌的乱石堆，一路爬到最高的山脊。然后，在没人找得到我的地方，上气不接下气地跌坐在地。我就这么坐着，眺望远方的大海，没有高山屏障之处。悬崖下方，朦胧淡紫的山峦层层围绕着岗妲城，整座城白得发亮，在夕阳余

晖中升温。

我伸长脖子，眯起眼睛，看老鹰和大鸢在高空盘旋……山上的姑娘没有翅膀。她们揉面团，是为了堵死自己的梦想；拨旺炉火，为了燃光自己的热情；漂洗布匹，则是为了淹没自己的欲望。这一切，自古以来，始终在同一片天空下反复发生！

我望向远方的大海，海上白帆点点。只有雷电和暴风雨能赶我回家；要不然，就得搬出我父亲杰吉达的吼声：他一声叱呵，全村为之震动。他在村里地位崇高，掌管每一座谷仓，以他的绝对权力，解决我们这穷乡僻壤里的各种纷争。他公正无私、英勇威武，所有人都尊敬他。所以，一听见我的名字从他胸腔深处吼出，我就赶快下山。小伙子们总爱取笑我，以为我怕惹他暴跳如雷。其实才不是呢！我只是想让他高兴而已。这位温柔的巨人从来不舍得动我一根汗毛。

在我15岁生日那天，我央求父亲带我去岗妲湾参加回航大庆典。每年春天的这个时候，他都要带领一队骡匹，载运蜂蜜和面粉前往。

父亲坐在门前，忙着擦洗一副皮鞍辔。我还记得他如何停下手里的动作，低头沉吟考虑。那是一个风和日丽的日子，天光特别明亮，气候特别温暖，可以听见瀑布奔流的声响从远处传来。母亲的身影出现在门内。父亲转身看她。她只垂下眼睛，表示同意。父亲接着对我说了声：好。我朝他奔去，扑进他的怀里。

大日子终于到来。母亲替我梳头编辫子，把自己的银坠子挂在我的耳朵上，又拿出那条最美的项链，戴到我的颈子上。她笑容满面，仿佛为山林注入了欢欣的清新春意。她轻轻牵着我的手，拉我在她面前绕圈旋转，我们开心地大笑。

突然，我们停下来对望。她和我，两人的眼睛都红彤彤的。

前庭里，商队已整备妥当。父亲亲吻母亲的前额。他扶我骑上领头那匹骡子。那是一匹漂亮的白骡，蹄子用蜜蜡磨得光亮，全身缀着红色毛绒球和铃铛。父亲一手抓住笼头，一面吆喝骡子向前；另一手挥出信号，下令出发。沿着山径，我们走过一座又一座小村。许多面孔是我第一次见到，但他们都前来向父亲招呼致意，夸奖他女儿长得漂亮。而我还费了一番工夫才明白：原来他们说的就是我。有几个人牵着或骑着他们自己的牲口

加入我们，将我们的队伍拖得更长。骡匹向前行，一小步一小步地，驮着几乎满溢出来的货粮，顽强地走着。我们就以这样的阵容下山，一路浩浩荡荡，进入谷地。

一个美丽的早晨，岗妲城出现在眼前。一座座圆顶雪白耀眼，雄伟华丽。父亲推开挤在城墙脚的人群，替我们辟出一条路。缴税纳粮之后，他带我们走入狭小的街巷迷阵。街上处处张起阔幅长布，遮挡炽热的阳光。我们的骡匹竖起尖耳，昂首阔步，列队游行。它们用足蹄蹬响石板路；偶尔，路旁的孩子们上前抚摸颈背，它们都欢喜地轻轻颤动。我们来到一座广场，周围是货物集散地的回廊。我们的商队通过拱门，走进长长的廊道，通往一间占地辽阔的大商店。未曾进入这些洞穴黑暗幽深之处的人，根本无法想象岗妲城有多么富裕：成排成列的油罐与酒缸，堆得像小山一样高的金黄谷粒，一箩筐一箩筐的豌豆、蚕豆、香料粉末和果干，各自散发着浓郁的气味……

我们的人马忙着卸下货篮，几名官员候在一旁，把内容和数量登记在清册上：最精细的上好面粉四十斗、香浓的蜂蜜十大桶、高山香草十二篮。父亲把护送队的酬劳付清，然后牵起我的手。在这座大城中，他从一条街转入另一条街，就跟在我们老家山径上行走时一样神色自若，令我仰慕极了。

我们去参观了海军团花园。那里的珍禽异兽和奇花异草，都来自最遥远的国度。比方说，有一种树通过树枝繁衍，因为它们的枝丫朝地面生长，落地生根之后，再长成结实的树干，重新冒出来。这么一棵大树，足以容纳我们全村的屋舍。我对所有的事物都充满好奇，我扯着父亲的衣袖，跑进展览区通道，一个笼子一个笼子地观赏。我在没达莫提岛的变色麋牛前面，目瞪口呆；在看到辛巴达岛的猫头鹰猴边捉虱子边正经八百地说教吡呵时，忍不住放声大笑。见我到处惊奇赞叹，父亲也感到很开心。时间过得飞快，我们不得不缩短参观行程，加快脚步，赶到港边占个位子。我内心洋溢着喜悦，兴奋到了极点：马上就能见识到回航大庆典了！

朝港口的阶梯上挤满了人，缓缓沿阶而下。父亲并不需要张开手肘推杠，只用他农人自豪的步伐，稳稳迈步向前，人们自然往两旁让出一条路。那是个普天同庆的好日子，没有人推挤跌撞，也没有人想跟自己欢乐幸福的心情过不去。即使不认识我的人也朝我微笑，许多人互相牵手或搂肩并行。愉悦和平的人群散入大街小

巷。我紧紧握住父亲的手，尽情陶醉在这样的气氛之中。

岗妲，七海明珠。

岗妲，世界之妻。

岗妲，滋味的港湾！

每一年，到了春天，这里举办远洋舰队的回航庆典。船舰带回气味强烈的珍贵香料。此时，全城居民载歌载舞。但最要紧的是：大家都来品尝长者面饼。

长者面饼，这可不是一般的饼！

早在庆典举行之前许久，它的准备工作就开始了。人们得要连续许多天不断混揉面粉和蜂蜜，加入从世界另一端带回来的香料，并且在这香气逼人的面团之中，揉入一块酵母。这块酵母的特别之处在于它非常非常古老，流传有一百年之久。这也是“长者面饼”这个古怪称呼的由来。

经过充分揉拧的面团分块之后，得再放进乌沉木大钵里发酵。在这些比深夜还漆黑的摇篮中，面团还要再沉睡一整年。躺在这木钵中的睡美人有如母亲一般慈祥宽厚，孕育着无数的梦境。一个星期又一个星期，一个月又一个月地过去，这些梦有足够的时间萌发，面团逐渐隆起胀大。当然，正因为这些梦，面饼被赋予了无可比拟的滋味。庆典前一天，天才刚亮，面团就被运到粉白仕女城堡。所谓的粉白仕女其实是外形奇特的烟囱，绕着烤面饼的大窑圆顶排成一圈。到了中午，微风轻吹，从烟囱冒出的炊烟稍稍提前预告群众即将享受到的滋味。这股气味忠实呈现去年的香味，也就是上一次回航庆典的味道。夕阳西沉之前，烤得金黄的巨大红褐色面饼从粉白仕女城堡运出。路过之处，香气弥漫全城。来自山区的面粉让面饼的质感细腻，舌头和味蕾都得到美妙的享受。而来自香料群岛的褐黄色香料沁人心脾，似乎因为远道而来，所以更显得浓郁，甚至在品尝之前，香气就直逼而来。父亲告诉我，只要吃过一次面饼，就永远难以忘怀。

每次的面饼一定要留下一份，保存在味道文库殿。岗妲的年号以此命名：蓝茴香年、狂姜年、沉睡三美人年……

的确，那不是一般的面饼。它展现了浪花海沫与阳光的色彩，当我们吃下这块饼粮，岗妲城与大地及海洋的力量将合而为一……

烤得刚刚好的金黄面饼以棉布包裹，慢慢冷却，像襁褓中的初生儿，由专人毕恭毕敬地捧抱，送到统帅旗舰的甲板上。等待品尝的人必须保持静默，当三声锣响之后，才能开动。

锣声第一响，面饼被切成几千份，分给全体人民。

第二响，每个人都将面饼举到嘴边。

第三响，放入口中品尝，同时许一个愿望……

而我也在现场，和其他人一起，挤在人群中，站在码头上，静静等待。天色渐渐暗了。空气中弥漫着肉桂和豆蔻的香味。锚场中央停泊着舰队的大船，周围数不清的小舟皆点亮了灯笼，看上去仿佛一只只大兽守护着自己的孩子。旗舰统帅将第一块长者面饼抛入水中，供奉给大海……

第一记锣声敲响，长者面饼被切成千份，在鸦雀无声的寂静中，乘过一舟又一舟，传过一双又一双手。这一块块小饼，由一人传递给另一人，穷人传给富翁，老残传给孩童。这样传递的仪式是最体贴入微的表现、最牢固坚实的传承。面饼块绝不会掉落到地上或被暗藏在谁的口袋中。每个人都有所获得，有所付出；而若循着传递的路线，从港口出发，沿山坡而上，进入城中最偏远的小巷弄，你会看见一朵朵星星绽放光芒。所有人都得到供养，就连贫民区后巷里最低贱的乞丐也不例外。

第二声锣响时，父亲微笑起来。他将面饼举到唇边，举到鼻子旁深深闻嗅饼的香气，一面用眼神鼓励我。从他的动作姿态，我看得出来，他很骄傲能与我分享这一刻。他自己当初可是等到 30 岁，才有机会参加回航庆典；而从那时起，他就一次都没缺席过。母亲只陪他来过一次。她不喜欢离开老家的小村，也受不了拥挤的人群。她看出我对远方的强烈渴望，暗暗担忧……

突然，有一只海鸟从我身旁飞掠而过。

现在我很清楚，之前沿着手臂而上的那阵颤抖，不仅仅是因为夜凉如水。

第三声锣响，我闭上眼，一口咬下……

这第一口的香气滋味在我嘴里爆开，唤醒我所有的感官，一下子将我淹没，把我带到好远好远的地方，使我在幸福之中恍惚……那威力太强烈，我等不及了，不想拖延到这波感受消失，于是我张大嘴又咬了一口。

这一次，我感到齿尖抵到了什么，是一个坚硬的小玩意儿，像幸运豆之类的东西。我把它从嘴里拉出来，用手指拨转，凑近眼前仔细看。是一只海豚，小小的象牙海豚。

泊船场里突然吹起一阵微风，轻舟随波漂荡。大型船舰拖锚移行，仿佛拉着几匹不听话的野马。船帆迎风拍响，颤动久久不停。而这会儿，这阵风鞭抽着我的头发，驱使十几只海鸟在我头顶上旋转。我突然意识到：所有人的目光都往我的方向集中。我被这场异象惊呆了，杵在原地说不出话来。水手们朝我奔来，人们自动散开一条路让他们通过。他们抓住我们的衣袖，几乎用扔的，把我们扔进一艘小舟。我的巨人父亲气得火冒三丈，而我这个少不经事的女孩儿则羞愧得满面通红。我们竟然像罪犯似的遭到逮捕。小舟在海浪中载浮载沉。现在，眼前的大船舰显得威风凛凛、强悍无比。我所在的位置如此之低，由下往上望，一艘帆船舰艇有如一座堡垒，插满桅杆，攻向天际。而回航舰队的船只不下几十艘！最后一艘最庞大，昂然耸立在我们上方。

从这道木制城墙上垂下一条绳梯。我们被粗鲁地拉到这艘巨无霸的甲板上。

一群大人物站在甲板上，围成半圆面对我们。我们被推了过去。那些人都很老了，我猜。他们一个个如雕像似的，动也不动，眉头深锁，只见胡须飘动。虽然我没有表现出来，但他们真的令我感到十分害怕。从他们的服饰装扮和严肃正经的模样，以及缀在领口和袖口的金线纽扣与刺绣，不难猜出这些人不是大舰长就是城里的王公贵族。有人命令我们对他们垂头叩首。事态突然变得很尴尬，没人知道该怎么办。船帆仍在众人头顶上拍振，桅杆升降索和支索颤动不已，发出咻咻声响。最令人不安的是，全城似乎都在屏气凝神地等待着。离我最近的水手要我张开掌心，但我紧张过度，没办法照做。有位舰长宛如挥出长鞭似的，一声令下。水手抓住我的手腕，试图用蛮力扳开我的手掌。尽管他有一双被麻绳磨得硬实的大手，却也无法成功。我的喉头发紧，泪水沿着脸颊流下。他弄痛我了，我感到指甲不由自主地更深陷掌心一些。另一名船员跑来帮他。一个抓住我的手臂，另一个使出全力，硬要拉开我的手指，虽然我的手既不大也不厚。我稚嫩的手里握着一个宝物——一颗象牙泪滴。说时迟那时快，我的手指突然摊开。

一只海豚现身。一看到它，所有人都倒退几步。

一阵不知所云的愤慨抗议在我身边响起：象牙海豚……象牙海豚……怎么回事？竟然是象牙海豚？怎么会在这个卑贱的牧羊小女孩手中？我的父亲始终面红耳赤，却一句话也不敢说。

一位胡须苍白的老人家对我比了个手势。他身穿滚毛皮边的长袍，脚着红皮靴，头戴饰有羽毛的帽子。水手把象牙海豚交给他。老人说话的语气刻意温柔，就像一个养过孩子的人在哄小孩那样。

“来，过来，有话尽管说，别怕。这里没有人存有一丝想要伤害你的念头。不过，首先，告诉我，您叫什么名字？”

即使对我们这些山上的乡下人来说，这问题也太鲁莽了。我转身看父亲，他同意我回答吗？他简短地点点下巴，表示同意。我抬头挺胸，揉着被捏痛的手腕，手臂皮肤上有一大块瘀青。我朝老人迈了一步。

“席雅拉。”

“席雅拉！”

听见自己的名字在众人面前喊出，感觉十分诡异，真怕码头上的人群全都听到了。我好希望自己不在现场，而是在老家山上的小村，离这些人远远的。老人默默沉思，事情的演变似乎超越了他所能接受的程度。他试图从我父亲的眼神中找到一点支持，仿佛这样就能延缓他受万众瞩目的发言。但我父亲一声也不哼，只静静站在我身边。他昂然挺胸，手扶着我的肩。因为如此，我也不再害怕。

“席雅拉……我想，您一定不知道这样东西的意义。它所代表的是：根据我国建城之初的一项文献记载……”他握拳捂在嘴边，干咳了几声，推敲着用词遣字，“呃，呃，也就是说，那个，这么说吧！找到象牙海豚的‘那个人’，嗯，将成为岗妲舰队最伟大的统帅。”

最后那几个字，他说得有气无力，不太甘愿，似乎被这则宣言的重要性压得喘不过气。抗议耳语四起。他举起手，要众人闭嘴。我顿时领悟：原来他是现任大统帅。回航大舰队全要听他的指令。我们城邦现在的命运都掌握在他的手里。

他令人汲取海水。一名水手从船上抛出一个系了细绳的水桶，整桶装满。大统帅俯身探看水面，白胡须在水面上映出倒影。他把那样小东西丢进水里。扑通一声，泛起几圈涟漪轻漾。小东西沉入桶底。

我听见身后传来轻蔑讪笑，接着是阵阵狂笑不止。

然而水面开始震荡。海豚在水中跳跃。它直立上仰，跃入空中，停了一会儿，潜沉，然后又浮出水面，并以最快的速度遨游，陶醉地旋转跳跃。

这是一只活生生的象牙海豚！

“席雅拉，”大统帅对我说，“过来。若我没弄错，您的名字意味：‘光之女神’……这是一个美丽的预兆。如果您把这只海豚做成链坠戴在颈子上，汪洋大海都不能背叛您。它是您的，席雅拉，只有您能拥有。愿它使岗妲城声名登峰造极，荣耀至高无上！”

此话说完，我的双腿尚且颤抖，而在场所有人都在我面前拜倒。包括大统帅，包括杰吉达，我的父亲，我的巨人……

直到今天，回想起当时的情景，我仍心有余悸。

然而，如今我已航遍七海四大洋，随着洋流的吐纳调节我的呼吸，拍浪涛声依然充溢满怀……

2

事发次日，我就被迫诀别山上蜿蜒于百里香和迷迭香丛间的牧羊小径，被人带到海军团宫殿的高墙之后，拜阿尔席斯·德·马拉塔维亚为师，研习数学与天文学；追随伊塞波瑞·德·塔儿学制作地图；大统帅泰欧西·德·卡拉风则亲自教我船舰构造以及各种航海准则。卡拉风也领我进入长者面饼宫的干燥室，品尝存放在那里的样本，让我的味蕾记忆它们的滋味。那是我国邦城每个重要年份的滋味。每一块香料面饼各自有其独特的颜色、质感与印记。在这些面饼里，除了城里常闻得到的海藻、湿木、盐分和沥青之外，我还辨识出某些树根、粉末，以及诞生于另一片艳阳天下的谷类的强烈气息。跟我一起研读知识的还有几个男孩，都出身航海世家或进货商等富裕人家，他们都不敢跟我说话。我们

学堂的窗户面对港口，系泊船只上的绳索吱呀歌唱，与我用羽毛笔写在纸上的沙沙声相互应和。我还真喜欢这样！说起来毫无道理，但我天生适合接受这场磨人的启蒙教育。宛如学爬桅索到顶的水手，我一路过关晋级。不过，我最喜欢的，噢，比什么都喜欢的，是出海航行。

话说，学当水手这一行，实在是个痛苦的过程。

我指的并非航海技巧。经年累月下来，总能学会与庇护我们的这副木壳融洽相处，学会在坍陷的甲板上依然挺立，在一条左右歪斜的地平线上对焦某一点；学会保持一颗冷静的头脑，在狂风大作的夜里，不因内脏翻搅、四肢无力而屈服。

我指的也并非在指挥船员和下令操作时必须展现的钢铁决心。

我知道人们怎么评论水手：背背包扛绳索的家伙，狂饮烧酒的醉鬼，动不动就打架，随时准备亮刀子。人们臆测，这下子，这个山里来的姑娘简直是羊入虎口。但我跟他们并无二致，头壳也一样死硬，脚上也长了厚茧。而且，谁又告诉您我不会耍刀？即使在最糟的状况下，海豚也会一直庇护我。我在此发誓见证，一看见它，所有辱骂或威胁都立即退回，往肚子里吞。

我抵达了终点，赢得了他们的尊敬。至于那些与我同班上课的男孩，他们跟我一样，有一天，必须指挥一艘船舰；他们之中，再也没有人敢对我狗眼看人低。

这些都不成问题，最辛苦的部分，是感觉自己离山里那个野丫头愈来愈远，在力量与勇气中成长的我，必须告诉自己：父亲杰吉达的呼喊恐怕再也不带一丝暴风雨的色彩……因为，真正的水手必须斩断所有羁绊。不知不觉中，他们已把自己排除于活人的世界外。

一切进展得飞快。

转眼已轮到我出发航向香料之路的时候。我在芬芳群岛上岸。我与陌生的国王们同桌用餐。他们的财富仰赖香气与滋味而定，无论是小谷粒、薄脆的树皮还是浆果干。我听过各种新奇的语言，凝视过他们挂满供品的神像。我体验过市集令人陶醉飘然的气氛、议价时戏剧化的夸张手法，以及所有这一切所衍生出的辞令与握手方式。经过长时间商议之后，能装满一货舱的货物，令人很有成就感；不过还必须小心装载，防虫鼠啃噬和狂风骤吹，保护货物完好无缺，平安运达目的地。

我旗下的舰艇每年春天都来参加回航庆典，载运回

来的货物数量一年比一年多。白帆成群结队，得意洋洋地画下长长的波纹。船上处处张灯结彩，就连主船桅的桅冠也缀上装饰。

人们从舰队装得鼓鼓的船舱里卸下珍贵的货物：那许多陶土缸、草编篓、麻袋和棉布袋，大藤篮里装的是豆蔻、番红花、沉香、丁香、胡椒、姜黄、香草和肉桂……是啊！那真是美好的年代。长者面饼尝起来有一种无与伦比的滋味，像醉人的泥土，又像迎着微风摇曳的棕榈树……码头、沿巷道而砌的阶梯、露台、阳台，处处笙歌曼舞。我们的港城比一座夏蝉酣鸣的橄榄树林还喧闹，更香气熏人，更赏心悦目。许多进货商家庭向我献殷勤，催促后辈求亲。我受邀去一幢比一幢富丽堂皇的豪宅大院。经过他们此起彼落的奉承赞美轮番轰炸，出来时只觉得头昏脑涨。

他们所有人都错了。

因为，我领悟到：我们的船舰长途跋涉，拖着疲惫的壳体，一趟又一趟地航行，带回来的其实并非一钵钵的香料，无论那货物有多么珍贵。我们的舰队远赴地平线之外，寻找的是故事与传说，是异国的部分片段，是永远神秘、无法获取的远方之香……而有了这些华丽灿烂的材质，岗妲就能终年披挂梦想之裳。

人们因此邀请我，尊崇我。至少，我，席雅拉，我这么相信。我想这么相信。

于是我挑战其他航线。我旗下的舰队曾偏离大洋引航员所规划的航线，远超过已知的世界，横行汪洋。

这件事，我做得到，也必须做。他们都信任我。我不是雀屏中选的那人吗？不是象牙海豚所选中的人吗？它就在这儿，挂在我的颈子上。我的机会与命运由它来领航。

在冰冷的海域，我曾见过披着白鼬袄袍的大熊。它们沿着浮冰跟着船走。那种动物看起来非常美丽，走起路来摇摇摆摆，几乎可说十分优雅，但却凶猛无比，令一切假象破灭。它们是游泳高手。在这个地区，一个夏日相当于我们的半年；冰山是船只的杀手，四处暗伏激流。庞大的海象群懒懒地躺卧在岩石上，拉开嗓门打哈欠，嘈杂吼声直达云霄。巨大的鲸鱼喷水，发出如雷巨响，潜入海里；同时可见独角海豚的影子在冰山下钻来钻去。在如此危机四伏的环境里，一支矮小的民族乘着他们小小的舰艇，毫不畏惧地往来航行。其中一人当起

我们的向导。他不会说我们的语言，长了一双丹凤眼，脸颊红扑扑的，右脸上有着如刺青般的三道蓝色爪痕。他叫南加吉克。

在距离那个区域几百海里之处，我曾看见磷光闪闪的温暖大海上，飞鱼翱翔，画出彩虹。它们如雨点般落在甲板上，我们只消弯下腰，就能捧个满怀。

我曾见过比遮蔽了天空的大山还高的巨浪。

我曾见过地平线与黑暗角力，海水腾涌，旋涡打转，形成活生生的水柱，凶猛的程度足以粉碎最强大的战舰。

我曾见过圣艾尔摩火。绿色的光从一艘船窜到另一艘船，在我们的船桅顶端噼里啪啦地燃烧起来，令我的头发一根根竖立起来，在脑袋四周围成一顶炽热的王冠……

我见过潟湖之中白鸟漫天飞舞，比一场暴风雪还浓密；也见过温泉里泡满了猴子，分成几个部族打架开战。

我也见过水面下谜样的暗影轻颤，那是沉没海底的城邦。

夜里，我听过人鱼悲鸣哀歌，穿透船壳板，传进我的舱房……

而当我回到岗妲参加回航庆典时，我还是我，切下第一块长者面饼的舰队大统帅，席雅拉。我为我的船队和船舰感到无比骄傲。我们带来了幸福与繁荣。进货商和商人已开始计算能从我们的朝圣之旅取得多少利益。即便是不冀望能分得半毛钱好处的贫贱下人也晓得，我们的所见所闻多少会为他们留下些什么。因为，我们是其他国度的使者，那是困在陋室小屋中的他们所无法想象的国度。至今，他们仍常彼此闲聊，侃侃述说灰琥珀年或人鱼年，还有那热力十足的番红花年，激励点燃了多少斗志……

这样的荣景一直持续到最后一块面饼为止，那一年，举行了最后一次回航庆典。

人称“大瘟疫年”。

然而，那一年展开之时，并无异状。我们的船舰意气风发地挺着满载收获的大肚子，左右摇晃。众人异口同声地表示，那年的长者面饼可说是有史以来数一数二的美味。三声锣响的许愿仪式之后，岗妲城正式宣布我

为汪洋四海的大统帅，并赠我一件锦缎金袍，上面以刺绣显示我的每一段旅程。因为这次晋升，船员的薪饷也调整加倍。欢乐的气氛持续了三个星期，我们回到岗位上，准备下一次航行。船舰皆拉到码头边，里里外外，就连龙骨都刮得干干净净；只待填隙捻缝，更换绳索，重新上漆。器材库房里，人们忙着搓制绳具，缝补船帆。突然间，一波热病肆虐老港区的大街小巷。有人甚至高烧致死。病人身体上出现恐怖的黑斑及硬块。瘟疫蔓延到渔港，继续挺进其他区域，扫过每一条街，钻进每一户人家，肆意夺走男人、女人和小孩的生命，进行一场骇人的大屠杀。最后，它甚至跃过城墙，将魔爪伸入乡村，沿道散播不幸。

山上小村里，我的父亲与母亲皆因病而罹难。

我却没有时间为他们哭泣。有些人尽全力抵抗瘟灾，也有人已开始追查罪魁祸首。光是努力熬过这场灾难还不够，还必须忍受后者的愚蠢。在大恐慌的时期，总有几个先知出面，宣称这是神谴；要不就是一些唯恐天下不乱的人，非要找一个人顶罪不可。

人们指控前一年所带回的香料，气味太浓、颜色太深，破坏了岗妲洁白的面粉。在年历上，那块面饼被标记为“大瘟疫年”。

岗妲，世界之妻！岗妲，三百座大理石宫殿之城！

这座城渴望财富，不惜任何代价。

仿佛其他地方的人没有别的面饼可尝！

仿佛我船上的水手未曾咬过不幸饼，仿佛他们未曾尝过船难苦饼！

况且，有问题的为什么是香料，而不是酵母老面？

说不定，其实是祖先的怨念作祟，污染了面团？

城里的智者议会立即破例集合开会。他们告诉我：我偏离贸易航线，侮辱了传统习俗；我的胆大妄为和鲁莽害全城付出代价。现在，刻不容缓，我必须立即交还统帅头衔及港城先前赠予的金袍。我回答：在瘟疫蔓延时，水手死伤惨重，而存活下来的船员皆毫不计较地贡献心力。他们载运尸体，照看净化空气的火堆，整修船舰及公共建筑，夜以继日，不眠不休，而大家都看到了，我始终陪在他们身边。

大议会将我的说辞纳入参考，做出结论：他们仁至

义尽，赐我自行了断之恩。走出宫殿时，我呆若木鸡。我去了海军团花园，最后一次凝视岗妲湾。夜幕降临时，我沿阶而下，往港口走去。

我走上“地底号”，我搭乘这艘船舰完成了许多冒险任务。那是一艘美丽精良的远洋帆船，造工结实巧妙，配备优雅的帆缆索具。这艘船坚固耐用，能对抗最恶劣的暴风雨，却也够轻巧，能航行于浅水，甚至能穿梭于石块之间。多亏有它，我克服了许多恐怖的危险。而现在，我来到了绝路尽头：在我舱房的桌上，一小瓶毒药等着我。小瓶子旁边，一张羊皮纸，上面详细罗列我的判决理由，并加盖了大议会印章。

“别听他们的命令！”一个声音从我背后响起。

我吓了一跳。

我转过身。门框里显现马泰奥魁梧的身形。他是我的引航员。

“求求您，”他继续说，“别听他们的命令！”他对我伸出手。“请跟我到甲板上来。”

我发现他召集了所有效忠于我的人：细心的地图绘制师泽南德勒、木匠师傅赫卡洛斯、鱼叉手兼甲板长加狄、皮埃什和欧乔亚·德·塔兰斯这两位勇猛的小帆桨舰舰长以及几名优秀的水兵，包括全舰队最好的侦查手——维桑特·好胃口。维桑特在与鲨鱼的战斗之中被吃了一条腿，于是开玩笑地把这个绰号刻在木腿上。所有人都发誓要与我一起回到海上。

“货舱都装满了。”马泰奥说，“粮食、饮水和备用帆，一应俱全。等您一声令下，席雅拉，我们就拔锚，别听他们的命令！”

一双双目光聚焦在我身上，探询我的决定。我对他们强调：这样一趟旅行有去无回，不说再见，而且，这次出航也没有终点。另外，和我一起走的所有人，因为犯下追随我的大错，所以都将被驱逐流放。他们将永远痛苦地思念看着他们长大的家乡，却再也无法回来。然而，我不需要开口询问，就知道他们已失去最后这份眷恋。瘟疫早已替他们拔除牵绊。我下令开航。

3

起航时吹着微风，没有月亮，夜色漆黑。最后几场瘟疫灾情猛烈，沉重的罪名仍压在我肩上，我筋疲力尽，回到舱房，顺手将象牙海豚随意放在地图上，决定朝它所指示的方向航行。

在这个幸运符的带领之下，我们朝西航行了很久，抵达一座灰色的岛屿附近。岛上的山峰耸入天顶，消失在云层里。我们的粮食几乎用罄，体力也几乎耗尽。海面颠簸，短浪从四面八方涌来，将我们推向汪洋。最后，我们终于在一座石滩旁抛下船锚，拍岸浪不断冲刷卵石，尖锐的摩擦声不绝于耳。我们都没来过这里。这是一个遗世独立的地方，似乎第一次有人声回荡，而这声响随即被风的呜咽带向汪洋。森林被淹没在一带烟雨下方。有一大群企鹅发出尖鸣，但至少这种黑肉企鹅可供食用。它们选了一块岩石突出之处当做栖所。这些企鹅并不怕生，在我们接近时，只摇摇摆摆地走了三四步，嘴喙朝天，双翅紧贴身体，又惊又气地呱呱叫。在鱼叉手加狄的带领之下，水手们展开阴森悲惨的猎肉屠杀。但不进行这场杀戮，我们就无法填满肉类库存。我们越过森林，往更远的内陆探险，爬上长满短草的山脊，发现了许多巨大孤独的石雕。

有几尊仍保持直立，另几尊已经倾斜。但大多数雕像都崩倒在地，倾蚀变形，退化回原始的岩石模样，隐没在草丛中。而在他们碎裂的胸膛里，可以看见一颗黄澄澄的透明卵石镶在岩石颗粒中。我在其中一座雕像旁坐下，恍惚以为坐在一位死去的神祇床头。这位神祇的心脏里可能包含了几座银河，而那花蜜般的透明更容纳下完整的苍穹。他以我们这世界的形体相貌现身，也一样迷失在这数不尽的星团中。

我伸出双手抚摸。雕像散发出一股舒服的暖流，尽管凄风苦雨，仍将自瘟疫肆虐夺命以来，降临在我睡梦中的那层哀愁阴影驱散。

船队等我指示。我请泽南德勒画出一张此地的地图。由于这些石雕，他将这里命名为“巨人岛”。不过，在我

自己的航海日记里，我为它取名“特莉丝特莎”，意即“哀愁之岛”。

这里才是我真正的流浪起点。在此之后，我唯一做的事，就是从一个地方航行到另一个地方，从一座岛去另一座岛，每一次都只休憩到足以再次对抗汪洋的惊涛骇浪就离开。

因为，我天生要去远方。

我，席雅拉，就必须乘风逐浪。

每一次，只要象牙海豚在我颈子上跳动，它的兄弟立刻就聚集在我们的船艄，露出闪亮的背鳍。当所有风帆向外扬起，所有绳索都紧绷，如神经一般轻轻颤动，船舰划破一个又一个浪头；当我们看见这群旅途上的伙伴旋转跃起，左跳右跳，迅速追上浪脊，潜入浪花之下，再出水面时已在几链之外，欢乐地翻腾着，这些阅兵队伍多么令人心醉神驰！

还有那呼朋引伴的叫唤，听起来像咯咯嬉笑。每次我将上半身探出船舷栏杆外，它们就凑上脸来不断摩挲。我喜欢这来自海底的亲吻。

我的船队龙蛇杂处，有各式各样的成员，许多人是在途中靠岸时临时加入的。他们服膺各种信仰，对最怪异的习俗毕恭毕敬，不过，大家都同样深受海豚吸引。我的船上有一条心照不宣的规矩：谁都不准试图伤害这些动物一分一毫。有人相信我的身体里流着它们的血。对于这则传说，我并未多加干涉。水手们早已深信不疑，甚至私下称我为“海豚女”。他们十分确定大海与我之间有一份约定联系，因此诚心诚意地效忠，尽管在最强烈的暴风雨中也绝对服从我的命令。而我也不想让他们失望，于是不畏恶劣的天候，与他们一起爬上主船桅的顶端。

我们勇往直前，靠贸易与走私度日，同甘共苦，一起分享对暗礁的恐惧及滩岸上的幸福时光。

我们被困在一副核桃木船壳中，但能自由自在地驾着它前往任何地方，除了，唉！除了岗妲以外。在那里，我们的人头仍值不少钱。一旦察觉哪艘船的斜桁上飘着岗妲的旗帜，或在沿岸海域遇见他们舰队的船只，我们就必须转向，改变航行方位。

除此之外，我并不缺可以抛锚停泊的地点。

在风向刚好的时候，我就朝阿里扎德城航行。这座水上木桩大城建造于三香潟湖底端。这座城是一个门户，后方有一大片陆地与水域织出的水乡泽国，在地图上的名称为“莲花国”。他们非常欢迎“地底号”到来。而且，我们船上有两名水手有家人居住在此。

我第一次在这座城靠岸已是多年之前。当初我还是学徒，听从海军上尉泽农·当布鲁瓦思的指令。他是回航舰队中一位年轻的舰长，有一头美丽浓密的黑色卷发。他的年纪比我大，那时已是一位小有成就的航海家。我还记得他的眼神和声音。我们无法忽视使我俩互相吸引的那股强大感受。但是，象牙海豚却在我们之间造成可怕的隔阂。因为，泽农和一般人不同，他深信不疑，认为我一定能实现这块护身符为我定下的命运。他总以尊崇恭敬的态度对待我，但他是我的前辈，职权远高过我。我还记得，一天晚上，他不小心碰到我的手，我因而脸红，而他连连道歉，懊恼不已。我也还记得，当他的眼神触碰到我的时，我的心跳得太快，以至于得连忙转移焦点，在地平线后方寻找一个目标，才能不逾越分寸，恢复我们在阶级落差上该谨守的冷漠。

没有人能真的了解莲花国的样貌。在这里，最好把所有言之凿凿的地理学说都忘掉。从抵达的第一天起，泽农就对这个地方产生热烈浓厚的兴趣，想涉足一探究竟。我们一起进红树林打猎。这片树林中，水笔仔竖立于泥沼之上，盘根错节，仿佛迈开几千只蟹脚，想吞没整座潟湖。红树林里有一种惊人的野兽，既能在水下生活，也能在陆地生活，与这个国家的人民相似极了。因为，当地居民的想法也如出一辙，一半像人，一半像鱼，无法归类，起伏不定。

泽农花许多时间与扎莫林*讨论。扎莫林是阿里扎德城首长的官衔。这个男人名叫帕西达，身材矮小，有点肥胖，说起话来活灵活现，始终和蔼可亲。他权高位重，职务包含贸易和行政两部分。他搬出各种辞令，夸张激动地强调他对泽农的友谊，发誓一定会促进阿里扎德与岗妲两城之间的协商。不过，对于将这些交易扩展到邻近城市的主意，他并不怎么热心；而泽农却认为此事只有好处没有坏处。阿里扎德只是莲花国的门户，附近还有许多城市可以和岗妲做生意。所以，他希望再往

---

* 在葡萄牙语中，扎莫林(Zamorin)指统治山林与大海的人。

前探访，深入该国腹心，取得拜见水乡之王的机会，以使节身份签署互惠条款，与国王订下一份官方盟约。为了达成这项任务，泽农耐心地解释，他需要扎莫林的推荐。帕西达想尽办法劝泽农打消担任大使的念头。他再三对泽农强调：水乡之王并非一般的君主。从来没有人见过他的宫殿。他神秘且难以捉摸。请求一场晤面可能耗时几个月甚或几年。他掌管着这个辽阔国度，暗中移动，控制潮汐、波涛和水闸，借此远离或接近他的子民。所有来自于他的物件都盖有独裁印玺。只要是他发布的命令，皆不可抗拒，没有挽回的余地。人们对他既崇敬又害怕。帕西达从来没被他找过麻烦，尽管如此，仍视他如暴风雨中的雷电，敬而远之。泽农又回来好几次，尽一切可能，重提此事。扎莫林收下他送的礼物，饮用他带来的酒，接受他的说辞，然而，一旦感到谈话内容不对劲，就打发他走。

依我看来，我知道，泽农绝不会改变主意。果然，他决定不管扎莫林是否准许，都独自去寻找水乡之王。他把船舰交给我来指挥，并要我承诺，来年到这里来接他。从他握住我的手凝视我的方式，我明白，这则承诺对他而言非比寻常。未来的重逢将如何？他已准备接受各种可能性……一想到或许会失去他，我的心揪痛不已。

一年后，回到三香潟湖时，我初次被正式任命为舰队大统帅，人生中有了许多改变，然而，对亲爱的泽农，我的思念未曾停息。我等不及再见他。阿里扎德城在一团蒸腾的热气中显现，看上去仿佛巍颠颠地在木桩上颤抖。我挺立在地底号的船首，船上挂满船旗。一列阳伞下，参事官们簇拥着扎莫林步出宫殿，迎接岗妲大舰队。

我乘着地底号的小艇进码头，带领一群军官下船。帕西达看到一个女人竟有这么大的排场，并且指挥这么多船舰，大吃一惊。对于这类惊讶的反应，我早已习惯。我简短地向他打招呼，并请他赏脸与我进行第一次的会谈。

他亲自对我宣布泽农·当布鲁瓦思失踪的消息。我默默吞下这则讯息，不泄漏丝毫情绪。我把话题转回贸易协议上。在生意上，我是铁石心肠。我们的顾问团花了整整四天讨论细节，然后才开始交换货物。我们的货舱完全清空，随即又再填满。一串蚂蚁般的工人，头顶着篮篓，在船桥上上下下，像一场不能间断的芭蕾，从

黎明跳到黄昏。停留此地的整段期间，我牺牲了难得的休闲时光，全用来寻找泽农。我支付昂贵的费用，得到一些没有用的情报。我会见几个遇过他的人，他们的记忆含糊不清，勉强顺着我的问题思路，支吾响应。我不得不带着满心不甘离开，恼恨自己什么也没找到。泽农到底有没有见到水乡之王？他是否走在另一座百足城的码头上？百足城，人们如此称呼这些栖架在木桩上的城市。他有没有去附近的那些花村瞧瞧？是不是已混入他们那群漂浮民族？没有任何办法知道。隔年我又回到这里；再一隔年，又再回来了一次。

我本该讨厌这个国家，但是我做不到。它的国土平贴着地表，只能将就养成模糊不明确的特性。这个国家没有疆界，猜不出边缘轮廓；暴雨落下，就像海绵那样，扩大膨胀。夜晚亦如一团墨黑的云，缓缓啜饮天光。这里的一切皆朦胧、氤氲、抖动，甚至连星星的闪烁也一样。

阡陌纵横的水路上，泽农英挺高大的身影时时幻现我眼中，每一次都留下久久不逝的印记。我眼中的他并未慢下脚步，不肯按捺急性子，不屈服于疲惫倦怠。我多次试图寻找他的行迹，但相关的一切却仿佛都已溶化在这一汪汪水流，在天光云影，在幽暗的死水里，甚至连他本人也消失在该地居民音乐般起伏的语言里。

我处处寻找他的踪影，终究都只找到我自己映在水波中的倒影。

我醒悟了，明白自己再也见不到他了，再也听不见他独特的嗓音了。

帕西达离职后，阿里扎德城的新任扎莫林与岗妲的关系开始走下坡路。如今追溯起来，这证明了泽农当初想以更正式的做法巩固双方的交易，的确有远见。现在，“地底号”不怕在这里遇上回航大舰队了。也因此，在我的流亡期间，我们可以轻易在此停泊休憩。不过，从那时起，与其参与城里热闹的活动，我宁愿选择辽阔宁静的芦苇洲岸。在这里，我曾不经意地走到一所学堂。说是学堂，其实也就是一间空空荡荡的小茅屋，里面有一小群孩子围着一位智者教师听讲。我坐下来，听他们朗读诗歌，看他们书写这些被称为“狂草”的字体。莲花国所教授的五艺为算术、礼仪、低吟、书写及潜水。另外不得不提的是：在这里，悲伤被视为一种失礼的行为。与这群人生活，你一定会不由自主地感到轻松

豁达。

我常随兴来到运河上，陶醉在漂浮庭园的甜美气氛中，步伐放柔放慢，腰臀轻轻摇摆。我学会莲花国村女的装扮，在肩上披一幅长巾，用一只手就能轻易缠绕在身上。而当“雨鼓季”的征兆出现，我就下令让地底号立即做好准备，因为，只要大雨一落下，这个区域就完全不可能航行。每天早晨，天空呈现一种美丽的茶色，到了中午则转为一团墨黑，在夜幕降临之前，降下瀑布般的倾盆大雨。所以，等到天天愤怒的雷声大作就太迟了。我们装满货舱，擦洗甲板，调整好风帆，早一步开溜，重新过起航海逐浪的生活。

4

我知道一条通往某群岛秘境的航线，那儿的岛屿位置隐秘，朦胧模糊。

远远望去，那不过像是洒落在浩瀚汪洋中的一把绿宝石。然而，随着船只驶近，这些石头不断变大，变大，直到陡峭的绝壁平地拔起，高耸在自身阴影上方。我们趁着涨潮在岩岛下方的涡流之间穿梭，越过狭窄的航道之后，就来到永高岛。那是一块巨岩，四周有丰美茂盛的植物围绕。喏，那儿，在白沙滩岸边缘，立着一座小村庄，窝在海湾凹处，不坚持航行到最后一刻就看不见。

我们的引航员马泰奥驾轻就熟，就算闭着眼睛都能完成一切操作。一群孩子冲出来，跳入水中欢迎我们。看他们兴高采烈的模样，我满心雀跃，因为我知道，我

又即将看到笑容满面的采珠女，就是她们教会了我在海底潜游的技能……

船锚一抛下，全村的独木舟都划来接我们下船。那一晚，欢迎我们的盛宴持续到深夜。我们把带来的礼物铺在沙地的草席上。

次日，采珠女们立即来找我。我搭乘其中一艘独木舟，大家一起悄悄地朝她们采珠的地点划去。她们用一条长绳绑住一颗大石头充当船锚，抛下之后，就鱼贯沉入水中。我也跟着跳入水里……

那是另外一个世界，无声而静默，一片铺展开来的世界，介于幽暗深沉的黑夜与在浪花下方舞动的耀眼阳光之间。所有最优雅、最多彩、最奇特、最吓人和最凶猛的生物，都生活在这里，或潜伏在沙子里，或躲藏在岩缝中。妮荷、安荷和瑙，我的三个姊妹，笑容灿烂如珠光，指引我海底的路。我们是人鱼，呼吸的韵律一致，朝最底部钻潜。在水底，土地丧失束缚的霸权。无论上方下方，我们再也感受不到重量。我们的脚变成蹼，双手则化为轻颤的翅膀。我们的发丝漂荡。成串银鱼灵活溜滑，在我们面前成扇形散开，鱼影在珊瑚下方钻动。

我们以缓慢的动作，将牡蛎一个个赶出来，放入系在腰间的网袋里……

我们终于缓缓拍动双腿，渐渐往上浮。我们憋着渴望空气的肺腔，冲出蔚蓝的海面，咸咸的唇上都挂着同样闪亮的笑容。

我真想在这里长住久居。每次潜泳时，我都感到象牙小海豚拉扯着我的项链。它确实很快活，陶醉在幸福里。

回到永高岛后，我们在沙滩上分享各自的收获。偶尔，一颗珍贵的珍珠之泪就在我们的掌心滚动。

男性船员们出来跟我们会合。他们入境随俗，兴高采烈地学村民们拉弓射猎空中的飞鱼。

到了晚上，全村的人聚集在沙滩上用餐。烤鱼、鲜贝、椰子、山药、木瓜，搭配地底号带来的丰富香料库存。有时，我会独自和泽南德勒离开人群，一起研读地图。这件事要花上好几个小时，因为群岛中包含了上百座岛屿，岛与岛之间隔着岩石、沙洲或处处涡流的水道。

我在纸上标出我们的航程路线，耳边传来沙滩上的

细碎交谈。在这些呢喃低语及浪潮拍岸的怀抱里，很轻易就能入睡。不知是谁唱起一首歌，摇曳婆娑的棕榈树下诞生了新故事；稍远一点，泥浆喷溅的声音，一只狗儿吠叫着赶螃蟹，然后，一片寂静，就连恋人也终于停止絮语，渐渐屈服于闷热的夜。

珍珠采够了之后，我们就拔锚，驶往一座又一座港口做买卖。强盛的翠玉国位于附近，对我们的生意有很大的帮助。那里有许多爱好珍珠的专家，随时愿意出价。我让马泰奥去负责交涉，他行事仔细，议价技巧灵活巧妙。他善于掌握称兄道弟的义气，也擅长掉头反悔、威胁断交以及后续的妥协让步，而这些正是成就一桩好交易的诀窍。在捉放游戏里，他较常扮演猫，而非老鼠，并且乐此不疲。我却不觉得好玩，说不定一句话不对头就会全面打退堂鼓。不过，多亏了他，地底号建立了良好的商誉。永高岛的采珠女把所有收获都托给我们处理，确信我们一定能卖到最好的价钱。

在塔忽、洛库、皮提亚克、提耶佛阿与提耶阿佛两座孪生岛，以及奇维小王国，人们称地底号为海豚女之船。在香岛，春分与秋分的两次大潮期间，都举行崇敬这种动物的庆典，地底号总受当地居民献供恭迎。

我们无牵无挂，不欠任何人情。对大多数民族而言，这样的自由或很奇特或很可怕，多少也助长了我们的传奇色彩。航行在这片水域，地底号宛如一名逍遥随兴的浪人：深夜里抛下船锚，黎明时分，优雅的船桅与船桁如一笔水墨，人们见到它凭空出现，仿佛一个好预兆。

然而，一天早晨，地底号返航永高岛的途中，在绕过一座圆锥形的岩石之时，却发现几艘别的帆船——是黑船，最高大的那一艘悬挂着一面代表坏预兆的船旗：黑珍珠海峡的海盗旗。

这批海盗放火烧村，掳走居民，逼他们为奴。翠玉国建立的海外商铺势力强大，海盗不敢直接冒犯，转而绑架渔民和小商船。据说，他们的首领多提凯眼见一个女人指挥船舰，在他的地盘上来去自如，气得大发雷霆。我变成他的眼中钉。他威胁所有接待我们或打算与我们做生意的人。他所到之处，海豚搁浅，尸体遍布沙滩，而他更撂下狠话，将展开更大的屠杀。他发誓要抢光我们的载货，亲手活捉我，然后任他宰割。然而，地底号已在群岛穿梭了几个月，像泥鳅一般，在他眼前晃来晃去，他却怎么样也抓不到。

我太低估他的智商。多提凯祭出威胁与利诱，终究找到我的行踪。他的船队堵住我们的去路，一艘接着一艘，从遮蔽了我们视线的岩石后方显露出来。洋流将我们直接冲往他们的方向。风向不利于我们，阻断了地底号躲逃的机会。我们匆忙拿起装备应对。他们朝我们的绳组抛出四爪钩，我们的航速瞬间被拖慢。船壳碰撞，发出巨大声响。地底号控制不了速度，也摆脱不掉船侧紧咬勾缠它的海盗船队。曾有一段短暂的时间，我们从甲板居高临下，对他们发动箭雨攻势。可怜那些用来捕鱼的芦苇箭太细太轻，对他们来说，简直比被蚊子叮咬还不痛不痒。他们已经准备靠舷爬上我方甲板。我们的鱼叉手加狄掷出十支长矛，全力阻杀这些野蛮人，但他自己却也遭到杀害。加狄遇害后，我方只剩残兵败将，船员们面对的只有死路一条。关于那场战役，我的印象已变得模糊，只留下一分无法抹灭的惊惧。这些人宛如恶魔般杀红了眼。他们不仅想赢，还要把敌人砍成肉泥，蹂躏已残缺不全的尸体。周围只有凄厉惨叫与血光四溅。我眼看着自己的手下们以一当五。最后殉难的是维桑特·好胃口。他从主船桅上坠下，发出长长的怒吼，压死三名海盗，其中一人被他的木腿穿钉在甲板上。然而，这悲壮又渺小的一幕也为一出提前演出的戏画下句点。

我被绑在主船桅上，眼睁睁看着我的伙伴们遭受酷刑。我看见多提凯朝我走来。他那双小眼睛散发残酷的凶光，满意地扫视堆满尸体的甲板。他的大脑袋活像一颗长满坑疤又爆出粗纤毛的椰子，猛然逼近到我面前，破口大喊一道命令。那满嘴臭气让我不禁嫌恶地扯了一下嘴角。说时迟那时快，他的手下立即往我脸上泼了一桶海水。盐分钻咬每一个伤口，我忍不住哀嚎一声，呕出一口海水。这个动作刚好把象牙海豚送到我嘴边。我干脆咬住它，不让自己再哼出声来。多提凯伸出满是老茧的大手，粗暴地抬起我的下巴，想看清楚我嘴里咬着的象牙小玩意儿。

我闭上眼，用最低最低的声音、最大最大的努力，祈求我的护身符：

“象牙小海豚，我欢喜的好同伴，你陪我度过飓风、深渊、暴风雨，你英勇追逐最高的浪头，求求你，快来救我！”

话才说完，我就发现那条白线，在远方延伸扩散，从地平线的一端拉到另一端，滔滔巨浪轰隆滚来。一瞬间，浪峰高耸，遮蔽了天空，怒涛狂卷，凌空打下，在一阵震耳欲聋的碎裂声中，打翻了地底号，拔除了那些将它困锁的爪钩，并下起一场瀑布般的水沙暴雨，粉碎了所有攻击我们的海盗船。

我不停坠落，永无止境地坠落，肋骨被压得几乎炸开。耳鸣如雷，我已无法呼吸。谁在呼唤我？谁在我身边潜游？有些声音在跟我说话，听起来好遥远。是采珠女，我的姊妹们。她们在这里做什么？我感受不到自己的双手双腿，只有口中紧咬着快要碎裂的小海豚，但我再也咬不住了。还有那个陌生人，一个俯身注视我的金发男子。再撑一下，席雅拉，再撑一下……我的牙齿松开，海豚滑落，而在它掉落之时，一切变成空白……我什么也看不见了。黑水旋涡卷走了我。

5

有人喂我喝水。只吞一口就令我痛苦万分，但比起遍布全身的阵阵剧痛，已算不上什么。我回到了永高岛。我认出这座岛屿的气味、芳香与声息：赤脚踩在细沙上的窸窸窣窣声，永不疲累的棕榈树沙沙作响，公鸡声嘶力竭地喔喔啼叫，远处隐约传来海浪拍上岩礁的隆隆声响。日光透过屋顶的格架筛漏洒下，光点的轨迹告诉我日夜之交替。但一切都在我的睡梦中混沌模糊，其间夹杂苦痛折磨、令人晕眩的坠落或沉没，以及恐怖的窒息感受。我听见持续不断的杂响共鸣，看见所有死去的伙伴们一个个走过。在这些悲伤的访客之中，最常出现的有地图绘制师泽南德勒、木匠师傅赫卡洛斯和引航员马泰奥。走进我的小屋之前，他们先一鞠躬。我看见他们全身是血。他们对我说话，

鼓励我。有时，我听得清他们的话语，有时，我只看见他们的影子，然后再度沉溺于幽暗的黑夜。清醒的时刻，我恼恨自己为何故意嘲弄多提凯那个粗鄙小人，在他眼前跟他玩捉迷藏。我大可以先离开这片海域避避风头，等一切平静后再回来啊！一位治病老婆婆为我煎草药，并将药灌入我嘴里。多亏了她的照顾，我渐渐恢复了元气。能平躺着，用手肘撑起上半身，对我来说，这已是胜利的一小步；而后来能够摇摇晃晃地站起身，更是一场了不得的大胜仗。妮荷、安荷和瑙在一旁帮我，扶住我的肩膀。但要像她们那样叽叽喳喳、活泼快乐，却似乎仍遥不可及。我觉得自己就是无法加入她们，无法前往那无忧无虑的海滨。我太疲倦，悲伤与悔恨令我一蹶不振。但是，有个男人每天早上为我泡一种奇怪的蓝茶，却又沉默不语。他是谁？我不认识他，也从没见过他，除了在那场朦胧模糊的梦里，他对我俯下身来。他不流连拖延，放下茶饮就走。他令我安心。

事件总算理出了个头绪。往回推演，从开战之初到那桶海水泼在我脸上，把象牙海豚送到我唇边，一切经过逐渐在我脑子里明朗起来。

泽南德勒、马泰奥和赫卡洛斯还活着，三人都受了重创。泽南德勒半疯半傻，马泰奥瞎了一只眼。但他们还活着，这是件令人高兴的事。原来他们到床前来探访我，并不完全是我在做梦。渐渐地，我又有了力气。我每大早上去游泳，每次多游一会儿。地底号就在那里，倒在沙滩上，船桅与残骸排列整齐，等着替换或修理。船身四周围满了蚂蚁般的工人，在重重的铁锤敲击与沙沙的拉锯摩擦声中忙碌。我尽可能常去探望他们。早晨为我带来蓝茶的陌生男子也在那里工作。人们叫他“金脑”，因为他有一头浅灰金黄的卷发。他工作时严肃认真。每次我到工地现场，他就停下动作。他很担心我。对他，我不知道该用什么态度相处。

他也拯救了我的地图，小心保存，不让图纸发霉。

我已经忘了发生那场争执时，他确切说了些什么。不过，有一天，赫卡洛斯听了他说的话之后，就朝他扑打过去。所有人都停下手边的工作。尽管受了伤，力气较弱，赫卡洛斯仍拥有那公牛般的前额、一身怒长的肌肉，绝对能打赢这一架。我目不转睛地观察那个陌生男子。那家伙体型比赫卡洛斯瘦，身高则差了一个头。陌生男子静候攻击，张开双臂，膝盖打弯，上半身微微向

前倾。不容置疑，他的胆子可真大。他的身手也非常敏捷，因为，没人明白为何我们的木匠竟然趴倒在地，第二次又整个人躺下，像根漂流木似的，又僵又笨，右臂压在背上，几乎昏了过去。

我结识了这位金脑。本来我以为他是个很害羞的人，但其实他只是行事低调。我们谈论地图的事。相较于我的罗盘海图及航海规章，他拿手的是内陆地图。不过，他的指正十分精准。于是，一晚又一晚，我们每晚相聚。他鼓励我描述航行时的见闻经历。我从来没这么试过，结果没想到我在其中得到许多乐趣。他自己则横渡沙漠，翻山越岭，曾在翠玉国长住多年，与王公贵族殷商富豪做过生意。他的声音柔和，笑起来的时候，左脸颊上有个酒窝。他来自很远的地方，真正的名字叫科尔内留斯。白天里，我避免跟他说话。他忙着修理地底号，偶尔也和帕当去捕鱼。帕当是村里的一个年轻人。我等待每天晚上的到来，又暗骂自己如此迫不及待。我并不想束缚他，但已无法忍受没有他。

我们低声继续前一晚的话题，仿佛对这亲密的时光感到抱歉。我已不记得他在什么情况下初次提起靛蓝双岛，那座远方之蓝山。

“该怎么跟你说呢？席雅拉？并不是真的有两座‘岛’，因为它们并不在海上。那两座山高耸在一片一望无际的草原上，位于一块被称为‘欧赫贝’的无垠大地上。”

“陆地上的岛？”

“正是如此。但独特之处不在于此。这两座‘岛’中较长的那一座伸向另一座，宛如‘i’这个字母，直笔之上加一点。而这个点，其实是一座休眠火山。这座火山永远呈现蓝色，一种美妙的蓝，仿佛瞬间凝结了天空的颜色，那种被称为‘远方之蓝’的蓝。”

“我知道你的意思：就像天气晴朗时，眺望地平线上的岛屿所看到的颜色。”

“想象那个颜色，然后增强彩度，提高亮度，直到它几乎轻轻颤动，宛如呼唤。这就是那座蓝山制造出的视觉效果。只是，那是一座不可能抵达的山。”

“依我看来，既然它耸立在草原上，当然就到得了。”

“不，到不了。虽然它就在视线里，但偏偏就像月亮和太阳一样，到不了……”

“这实在叫人难以相信。或许因为山峰太高？”

“我曾爬过高耸入云的巅峰。然而，就连只想抵达蓝山山脚下，也没有人成功过。你靠近一步，它离远一步……不过，我知道我一定会办到。我要朝它走去，无论需要多久，就算需要用一生的时间，我也愿意。”

“我想，我懂。”

我们并肩坐在沙滩上，望着大海。没错，我太懂得这种温柔的需求，渴望他乡，渴望动身。

“但是，科尔内留斯，我觉得你似乎离那块欧赫贝大地还很远。我相信，我曾经航行过世界那一面的大部分海域，却从来没有听说过那个地方。这座小岛离翠玉国近在咫尺，你到这里来做什么？常看见你在工地，修缮这艘根本不属于你的船。只有赫卡洛斯对你怀抱一点戒心，其他人都很喜欢你，却没有人真的知道你的底细。你也对我伸出了援手，这件事，我永生难忘。但是，这一切毕竟与蓝山沾不上边，假如那座山真的存在的话……”

“你不相信我吗？”

他这么问，并不哀伤，也没生气。像他这一类人，笃定自信，常被个性温和的人当成疯子，却宁可为此付出孤独的代价。但是我认得他眼中燃烧着的火焰，那也是我的火焰。我俩之间突然一阵静默，我很不自在。我环抱起手臂取暖。

“天凉了。可以的话，我们明天再聊吧！或许我能帮助你找到那片大地。我还欠你一份恩情……”

他看我打了个寒战，于是从挂在脖子上的皮囊里拿出一小块折起的方布。方布展开之后，竟成了一条长巾。他替我围在肩膀上。我从来没见过如此细致的布料，如瀑布般披泻在我的颈背与肩头，比丝绸温暖、精巧和轻柔。布巾的颜色与天空一样，是一种几近于黑的深蓝。

“这样精美的珍品，你是在哪里得到的?”

“它是你的了，席雅拉。你将会发现，它的颜色会随着一天之中的光线变化。在某些地方，有人称这种布料为‘云绸’。在我曾居住过的翠玉国则严禁说出这个名称，否则以死刑论处。因为只有皇帝才能使用这种布料。由于不能说出它的名字，所以该国人民称它为‘不可说’。”

仿佛就在展开这条长巾的同时，他也回溯了所有记忆似的，他将当时的经过描述给我听：一个暴风雨夜，他遇见一家旅店的老店主，把云绸的来历告诉了他。而

那位老人家正来自欧赫贝，也就是那片无垠大地。老人名叫伊本·布拉扎丁，把一本亲手编写的著作《靛蓝双岛回忆录》交给了他。这份论述包含两份靛蓝双岛的地图，几点说明指示岛的位置，一段关于大草原的描写，以及对欧赫贝大岛的各种详细见解，环绕全岛的那一圈云雾，岛上的气候，等等。此外还有几幅速写，画出采集云草棉絮的场景。那时的科尔内留斯并不比被父亲杰吉达带去参加回航庆典时的我大多少。而从那时起，他也四处旅行。我这才明了他送我的这份礼物有多么贵重，连忙取下肩上的围巾。

“我不能收下，科尔内留斯。”

“拿着吧！它来自靛蓝双岛。”他转过身来，在黑暗中寻找我的目光，“却似乎就是为你编织而成。”

我们两人靠得好近。我总担心大海变脸背叛，潮流阴险诡谲；对于看不见的暗礁、漂移不定的海雾、夺命的巨浪、流沙泥沼，以及居心不良的旋涡，不敢松懈。我不相信任何地图所不知道的事；对于隔阂“自以为立足于踏实之土”与“只晓得脚踩动荡汪洋”这两类人的一切，常保戒心。然而，在我们相拥之时，我心里有某种东西毫无预警地让步了。我先前没有看出任何端倪。但是，的确就在那个晚上，我重新一头栽入生命的怀抱。

6

几天后，一艘双桅帆船在永高湾抛下船锚。一艘小船将三个人载到滩岸。领头那人上岸打招呼。瞧他下船的模样，一眼就能猜出他来自翠玉国，什么身份都有可能，但绝不会是水手。他把科尔内留斯拉到一旁。科尔内留斯显然对此人的造访感到很不自在。不速之客一面与他交谈，一面焦虑地朝我瞪了好几眼。从那人的姿态及语气来看，我知道他在要求，或说是命令科尔内留斯跟他走。我讨厌他的态度。科尔内留斯曾长期居住在翠玉国，甚至曾担任官职。他告诉过我，他的制图技术是在皇宫里的博学夜枭宫中学会的。我不想看到他离开，一点也不想。光是想象他将远离，我就痛苦难当。

那一整天，科尔内留斯都没和大家在一起。我按捺冲动，不去追问。我看见他交给那名小矮子一封长长的信，那家伙读了之后做出了夸张的怪嘴脸。到了傍晚，渔夫们带着丰富的新鲜渔获回来，让我们料理出一场盛宴，款待这几位访客。鲜鱼烤得刚刚好，美味极了；刚摘下的熟果甜蜜多汁，棕榈酒比杏仁奶还温润；再加上永高岛居民乐天愉悦的传统，就连最愤世嫉俗、脾气最坏的人，恐怕都会舍不得离开。但是，那个小矮子什么都不喜欢，没有一样食物合他的口味。而我，倒是觉得只有他最讨人厌。

终于能再与科尔内留斯相聚时，我忍不住问他那些人是谁，为什么来这里找他。

“我不会跟他们走的。”他直接给了我这样的响应。

我把头转开，掩饰激动的情绪。他靠过来，握住我的手。

“事实上，席雅拉，我反而想问：你是否愿意让我上你的船？……”

第二天，小矮子告别科尔内留斯，也对我鞠躬作揖。我目送他上双桅帆船离去，大大松了一口气。

我有点担心，不知道我的船员们如何看待收留科尔内留斯这件事。赫卡洛斯保持距离，看不出丝毫与科尔

内留斯结成好友的野心。他脾气火暴，动不动就发作，却吓不倒科尔内留斯。“金脑”先前已用行动说明自己不是省油的灯，不会任人欺侮，必要的话，甚至有本事以牙还牙。泽南德勒应该不成问题。海盗战役之后，他已变得有点神志不清，成天在沙滩上漫无目的地踱步，嘴里嘟哝着没有人懂的话。只剩从一开始就伴随在侧的马泰奥。早在我统领岗妲大舰队的时期，就已将首席引航员的重责大任托付给他。他是一位精明的引航员，更是一名全能的水手，懂得解读海浪和潮流。我很了解他这个人，他不在事前评论，要等科尔内留斯上船后才会观察他的表现。

其实，对于我亲爱的科尔内留斯，我所知道的十分有限。我带他一起去潜游，在水底，他从来都不是很自在。

地底号重返大海的时刻终于来临。船舰下水回到波涛之中，面对小村，轻轻摇晃，比任何时候都优雅。科尔内留斯与帕当到邻近的小岛上招募船员。几天后，他们带了三名年轻渔夫回来。这三人已养成默契，互通声息，一齐跳入水中，把独木舟拉上沙滩。很好，我心想，至少找到三个能办事的帮手。不过，我又看见两位可怜兮兮的老人家跟着下船，他们的皮肤像晒了一个世纪的太阳那样焦黑，皱巴巴又干瘪瘪。

帕当把两人朝我这里推。我差一点以为他们是因为过分恭敬，所以弯腰行了个大礼，但其实纯粹只是老人家年纪太大，驼背太严重的缘故。我以狐疑的目光探询科尔内留斯。他要我拿这两位辛苦的老人怎么办？他们几乎连站都站不稳了！科尔内留斯摊开手表示他也没办法。老人家一言不发，手牵着手，顶着正午的烈日，杵在原地。渔夫们中断聊天。村里的居民好奇地在我们旁边围成一大圈，一副不知所措的样子。帕当忍不住了，清清喉咙，打破沉默。他对我吐露：这位寰老爷爷和那位唐诺贝老婆婆是香岛的两位人瑞，深谙海洋与风的奥秘。他们听说海豚之女已有很长一段时日，终于决定前来相识，请求这艘大白船收容他们。两位老者点点下巴，赞同帕当的解说。老婆婆踱着碎步向前，朝我的颈子伸出一只骨瘦如柴的手，轻巧地握住象牙海豚。我听见她喃喃念了一段咒语。她一松手，系着细绳的小海豚立即如鲤鱼般跳跃了两三下。老婆婆的瘪嘴裂开一条缝，像是在微笑，而老爷爷仿佛受到了感染，脸上也闪

过一丝若有似无的表情。他们相互恭贺，虔诚的模样令人感动。老爷爷拔下三根胡须，用拇指和食指掐着，朝天膜拜。说时迟那时快，空中立刻吹起了一阵微风，摇晃那几根白色须毛，泊船场里顿时响起一阵笑声。

自从巨浪从海盗手中拯救了我之后，我不再小看这些别人视为迷信的力量。在这两位可爱老人家的家乡岛屿上，人们随时对魂魄精灵和风神海神水神说话。他们声称能看到一些只有他们懂的兆象，从中解读出神灵的意图。不善用他们这样的才能，实在说不过去。所以，我点头同意他们留下。科尔内留斯拉住我的胳臂。看他那副惊愕不已的神情，我一时间也怀疑起自己。我耸耸肩，对他微笑，但他始终保持那种责备的态度，摆出一张根本不相信世上有神的面孔。帕当察言观色，看着我们，有点尴尬。两位老人家的眼睛眯成一条缝，眼皮后的眼珠子溜转到我们身上，虽然不断点头赞同我们，却其实什么也不懂。结果，我们三人都忍不住大笑起来。然后老人家也跟着笑出声，像这样笑了好久，笑得上气不接下气，他们牙齿都掉光了的嘴频频咳嗽。这是一个好兆头。豁达的好心情是旅途的良伴。新修好的船，新面孔，新气象。长久以来第一次，我决定带采珠女上船。我不费吹灰之力就说服了她们。她们也是天生爱好冒险的人。

当船帆张开，迎风飘荡拍响，船板唱出低响回应汩汩拍浪，脚下的甲板斜抬到刚好能乘浪的角度顺势冲出，我感到颈子上的小海豚欣然雀跃，仿佛早已料到：即将到来的岁月，将是我们最美的海上时光。

科尔内留斯陪伴在我左右，齐心迎对航海冒险中的各种不确定、危难、欢笑与惊奇，这真是美好的一刻。我将与他一起，重新发现所有我以为早已熟悉的地方。我对世界的感受加倍膨胀，有时甚至陶然欲醉，仿佛光是感觉他在我身边，就能把最一般的印象放大十倍。我们之间，甚至不需要捏捏手或碰碰肩，仅通过一种神秘而祥和的方式就能知道。心意相通的那个当下，我们共享同一种情感、同一种颤动。一望无际的远方对我们悄声耳语：一段崭新的人生在我们面前展开。

科尔内留斯谨守本分，恪尽职责，但我们每到一个蛮荒之地靠岸，他的双足就渴望行走。他本是属于陆地的男人。只要远远望见没入云雾中的陡坡峭壁，或更刺激的喷吐熔岩的火山，他就央求我让地底号改变航道，前往他的雄伟顶峰。他只随便在鼻子下方绑一块布充作

阻挡浓烟的防护，然后就下船丈量那块区域，画下草图，制作一份当地地图。我偶尔会陪他一同前往。不过，大部分时候，他仅带帕当去探险，即使正在喷发的火山也不怕，我费尽唇舌，苦口婆心，怎么劝也劝不听。他依然出发，承诺我很快就会回来。这整个期间，待在地底号上成了我最讨厌的事。天边轰隆作响，空气中弥漫着硫黄气的臭味。在通红火光之中，我等了一夜。唐诺贝老婆婆坐在船尾，一夜没阖眼，喃喃念经祈祷。她的白发染上烈火红光，看上去像是一只小小的魔鬼，披着火焰赤鬃，轻轻颤抖。

“她本来就像魔鬼！”有一天，我把我和老婆婆一起担忧的情景告诉他，他听了之后大笑响应。

“你别笑她！在那种情况下，我其实也好不到哪里去。我跟她一样，都很怕你出事。在她的家乡香岛上，人们传说，火山是地狱的入口。”

“其他很多地方的居民也这么认为。不过，席雅拉，那只不过是火而已，是构成我们的四种元素之一！只需要在接近时多加谨慎小心，就能减少危害。唯一的危险是烫伤，而非冲入无底洞被魔鬼吞噬！”

魔鬼是我们最喜欢的题材之一。船上大部分的伙伴都声称遇过鬼，我也倾向于相信鬼神的存在。至于科尔内留斯，他却一口否认世上有鬼，大手一挥，把牛鬼蛇神通通扫到九霄云外。我们继续刚才被打断的话题，比较起各种信仰，有的在此地盛行，到了他处却无效。我们讨论着身体构造的小宇宙和万物所居住的大地球。我们聊各种魔鬼和巫术、奇妙的海底生物、大型候鸟，讨论着陨石雨、神秘的日食月食，还有彗星的出现。而让我们开怀欢笑或瞪大眼睛的这一切，在每一个地方所被赋予的解释都不尽相同。我们住在同一个世界，却以不同的方式生活！太阳和月亮、指引我们的星星，没有哪两个民族以同样的目光看待它们。的确，我们两人都拥有丰富的旅行经验，但世上还有那么多惊奇神妙的美好等着被发现！当然，我不禁想到科尔内留斯在寻找的那座岛：仰卧未知穹苍之下的欧赫贝大岛，岛上绵延的草原，远方的蓝山。就是那座山，促使他出发远游，一路上吸引他。这股吸引力，我懂，但也令我害怕。不论科尔内留斯谈什么，即使是风马牛不相及之事，这股力量都无所不在，仿佛一块盲目蛮横挥之不去的阴影。其他人可能视之为异想天开，属于被岁月磨损了的古老记忆；但我怀疑，在那迷惑着他的幻魅国度背后，隐藏着

某种触摸得到的真实。而在此同时，他所勾勒的蓝图，也令我怀抱和他一样的梦想。

我俩之间唯一的差别在于对地底号的责任感，因为我是舰长。我们可以一起选择要航行的路线，但是，大难当前之时，若判断错误或稍有迟疑，等不到沙钟漏完，系于生死之间的船员恐怕要全体沉没罹难，而最后的裁决大权握在我一人手中。这是特权，也是重担，我绝不姑息退让。对这项特权，科尔内留斯没有异议，仅违抗过一次。那是在济诺塔岛。那一次，我不理会他对探险的极度渴望，下令拔锚，并以最快的速度扬帆。那一刻，我的决定是对的，而且立即得到了印证：海湾里突然布满食人族的独木舟。我们不得不奋战抵抗。要不是唐诺贝老婆婆和寰老爷爷神奇施法，吓退蛮族，奇迹似的召唤起风，相信我们早就全体沦为食人盛宴上恐怖的盘中餐。

很快地，那座该死的岛已被我们远远抛在后方，如海上的一个小点。我带领我们这一小群人航行在陌生新奇的星空下，唯一的指引是科尔内留斯的一份地图。他曾向一名独木舟夫买来一份粗略的路线图，根据那份图，制出了自己的经典杰作。说实话，我从来没见过如此美丽的作品。他使用一种朦胧的白色墨汁，在一张深色的图纸上标记了几十处陆地与大小岛屿。那种墨所呈现的是月亮的颜色。不用说，这张图显示了他的岛屿所在，那座欧赫贝岛……

我们每晚观看地图，一遍遍自问：这座岛真的存在吗？

7

那不是梦，也不是胡思乱想。一天早晨，我们望见远方有一圈冠冕状的云雾，逐渐升高又慢慢降下，在一大片土地上方，缓缓拖曳旋转。我们看得目不转睛。那仿佛某种生物的呼吸吐纳。终于，这片土地在我们面前延展开来，占据了整条地平线。我们沿着断崖海岸航行了十天十夜。上午，地底号小小的影子在阳光刺眼的陡峭岩壁上滑移；晚上，绝壁的暗影又深又长，笼罩好大一片海面，我们整艘船舰被吞没其中。然后，第十一天，拍打在悬崖山脚的轰隆浪涛平息下来。高耸的山壁屏障上出现一个缺口。连串海岬向内陆退缩，形成一条通道，带我们航向一座又阔又深的海湾。在这块湛蓝凹缺的底端，最深最里面的底端，耸立着一座气派辉煌的大城。

这幅景象宛若天堂。我突然哽咽说不出话。我一直全力支持科尔内留斯去实现这个梦，而此时此刻，目标已近在眼前，我却害怕他终将去达成愿望……

“欧赫贝……”

我将他的手紧紧握在掌心。

我们渡越海湾，挤在几十艘船舰之间抛下船锚。几位官员带着一名口译员上了我们的船。世界上所有的港口都一样，都有繁杂的手续要办理，还要支付一笔通关费，但这一切都顺利迅速地解决了。我们等不及想上岸参观这座大城。从地底号前往码头途中，我们的小船与许多船舰的壳板擦身而过，那些船只的外形与设计我从来没见过。港口传来热闹喧哗的声响，与其他任何停泊点并无不同。然而，一下船，新鲜印象迎面而来：从屋顶上的光线到人们说话的速度，还有各种奇怪的风俗，我们不禁目瞪口呆。我们深入小巷弄，沿着街道，拾级而上。我们品尝所有的水果，纯粹为了享受一口咬入陌生果肉的快感、试试奇特的口感新颖的滋味。即使在岗姐的回航庆典期间，我都不曾觉得自己如此狼狈渺小。

入港后第三天，当地官员又上船来，查看我们的地图。他们要求我们交出三份，其中包括科尔内留斯精心制作、指引我们来到岛上的杰作。他们又命令我们随他们前往宇宙志学院。这座宫殿气势雄伟，睥睨整座港城。根据消息，我们的地图将在修补之后归还，但无法得知确切日期。在这期间，我们一行人将被视为特别嘉宾，类似受邀人士。科尔内留斯想趁这个机会深入了解内陆大地。他规划的前景令我喜忧参半。不过，欧赫贝岛上实在有太多惊奇和乐趣，所以我并不想苛责他。我常陪他一起参与其他旅人的聚会。

很快地，我们的船舰甲板成为他们最喜欢的聚会场所。水手都爱讲故事。对某些人来说，这和航海一样，是一种独特的艺术。帕夫萨尼亚斯是一位会说多种语言的船长，很幸运地，也包括我们的语言。他坐在绳索堆上，仿佛掌着指挥舵似的，主导听众的情绪。大家喜欢听他讲话，和他温和的声音有很大的关系，而仅仅一个手势就牵动全身的那个招数也很有效。唐诺贝老婆婆和寰老爷爷一起窝在火盆旁边，听他讲述，但却听不懂。不到几分钟，两位老人家眼皮垂闭，肩靠着肩，困顿入眠。采珠女，我的永高岛姊妹们，则听得如痴如醉，睁着眼睛做梦。我相信，瑙从第一晚开始就陷入爱河了。但或许先坠入的是对方也不一定。安荷和妮荷一点也不嫉妒，她们的追求者也不在少数；而挤在我们船上的听众里，许多人想必是为一睹两人的美貌，慕名而来。地底号上彻夜不眠，引我想起永高岛沙滩上那些恬静的夜晚。不过，在这里，我们被包围在一座船桅大森林里，处处灯笼高挂，层层向上的山城宛如一座半圆形剧场，上演着人生百态，仿佛与我们正听着的故事一唱一和。

一天晚上，三艘黑帆船静悄悄地驶入海港。船身加长，造工精致，绳缆配备都是我前所未见的。帕夫萨尼亚斯正述说得起劲，这时却突然停了下来。我们大家都挤到侧舷栏杆旁，观看他们操作船只。水手们收起船帆，划桨驶完最后一段路，一直来到宇宙志学院附近的一张斜板，然后，一艘接着一艘被拖进城门，消失在厚实的城墙后方。

科尔内留斯先前常常跟我说起这些黑帆船。它们航行到翠玉国沿岸，以云绸作为交易的货币，离开时带走夜官呕心沥血绘制的天尘地图。他曾为那个组织工作，却始终不认识与他们接触的神秘客。这是他第一次如此

近距离观看。帕夫萨尼亚斯把他对这些航海人仅有的了解都告诉了我们。在宫殿里，他们被称为“供应家”。这些船舰去世界各地搜集地图。虽然船帆看起来幽暗深沉，但并非黑色。原因很简单：帆布以云绸织成，而由于船舰于黑夜航行，所以染上了夜色。

“欧赫贝，”帕夫萨尼亚斯隔天和我们在港口散步时说，“由你们眼前这座宏伟的宫殿统领。你们一定已经进去参观过。这栋建筑为宇宙志学者阶级所有。他们的人生只有一个目的：尽可能地搜集地球的图像。简直可以说他们为此而穷尽所有资源，甚至奉献生命与才智……”

“我和他们拥有同样的热情。”科尔内留斯坦白地对他说。

“我不这么认为。这不能相提并论。您和我都去过许多地方。宇宙志学者从未离开过他们的宫殿，他们的心思全部放在这座岛上，不厌其烦地探索岛上的变化。他们无法忍受出发远行，觉得那是一件难以想象的事。对他们来说，流放异国是最恐怖的惩罚。然而，他们需要想象出世界的其他部分。”

“所有地图绘制师多少都抱着相同的打算，不是吗？”

“只沾上一点边而已。看世界的方式有千百种，您不觉得吗？我们的地图用来指引通商路线，发现新的国度，必要的话，发动一场战争。我倒认为，用途决定了地图的样式。宇宙志学者却不这么想。比起我们，他们不那么讲究海岸线的精准，反而十分在意绘图者下笔时的敏感度与情绪。他们需要的是前所未有的诠释，是充满热诚，从灵感激发出来的新鲜路线。简单地说，愈古怪愈独特愈好。他们从那些地图中汲取故事与法则。至于是哪些故事和法则，别问我，我想，除了他们以外，没有人能懂。不过，他们最重要的任务是搜集这一大批资料，然后全部拿来比对他们自己为呈现内陆大地而绘制的地图。内陆大地是一片辽阔无垠的土地，位于薄雾之河，也就是你们抵达时所看见的那一圈云雾的后方。”

“我曾试图多深入了解一点那片土地……”

“亲爱的科尔内留斯，如果您真的想多知道一些，我建议您去宫殿花园参观。人们称那里为‘内陆花园’。比起四处问人，去那里逛逛，您能学到更多……”

帕夫萨尼亚斯突然停顿下来。我顺着他的目光望去：距离我们十步左右，我的永高岛姊妹们正笑着走出一家

小店铺。瑙对我挥了挥手。我怀疑这场巧遇是否真的出于偶然。科尔内留斯还耐着性子等他继续说明，帕夫萨尼亚斯却有点突兀地向他告辞，并朝我行了个礼。

“或许我们应该等到今晚再慢慢聊？”他眨眨眼，对我使了个捉狭的眼神。

“乐意之至。”我说，也欠身回了个礼，“亲爱的帕夫萨尼亚斯，不必我特别强调，您应该知道，您在我们的甲板上有多么受欢迎！”

他微微一笑，算是给了我回答。

于是我们前往那座内陆花园参观。花园的面积至少比岗妲的海军团花园大十倍，而且展示的动植物都是他处见不到的品种。假如它们的确反映出那片土地的多样面貌，那么，现在我比较能体会宇宙志学者对这座岛屿的迷恋了。那有点像是，地球上的所有气候和生命类型都被浓缩在这里，稀奇古怪到了极点。绕上一圈要花好几天，每跨出一步，就有新发现。或许，若我出生在这座岛上，那一圈薄雾之河，而非辽阔遥远的海平面，就会是我的眼界尽头。我正思考着这件事时，就遇见了一个女孩，年纪比我初次尝到长者面饼时稍长一些。她正在画一头面具麋鹿。那是一种大型麋鹿，犄角的形状看起来仿佛演员戴的面具。她的动作自信准确，令我赞叹。她作画的速度很快，下笔就不后悔，简单几条线，就捕捉住动物的神态。鹿匹或一面低头吃草，一面移动，或抬头观察我们，一脸蛮不在乎的表情。女孩戴着一顶大帽子遮挡艳阳。我们上前攀谈结识。她叫阿札黛，父亲属于宇宙志学者阶层。

阿札黛是彩绘女制图师学院的新生，学习绘画、植物学、历史和文学。她满腔年轻人的热情，坚持为我们贡献自己的所知所学，立即带我们进入化石森林。那是花园里最怪异的地方之一，保存了欧赫贝最古老的遗迹。我曾经看过化石，但只不过是经年累月后变硬的贝壳。在这里，可以看见整棵整棵的大树、巨大的蕨类和怪兽骷髅，全都变成了石头；仿佛在它们活着的时候，忽然中了某种巫术，惊吓成矿石。这样的动物应该至少可追溯到大洪水之前的时代。此外，阿札黛也深信欧赫贝比其他任何陆块都早诞生。她信誓旦旦地告诉我们："这里是所有生命的起源之地。我们掌握了许多证据。"听了她这些孩子气的说法，我不由地微笑。毕竟，每一个民族，多少都相信自己是世界的中心……

在各种化石中，有一种生物特别奇怪：它是一种半人半兽的生物，头颅位于身体中央，与我在早期地理学者所绘制想象图上曾见过的图案非常相像。在岗妲，在我仍掌管回航舰队期间，自然科学界的学者专家经常找我咨询。他们询问我旅途中的所见所闻，请我带回样本，植物插枝，甚至，如果可能的话，整只动物。他们都兴致勃勃地探讨着起源这个问题。我们的世界究竟是在什么时候形成的？如何形成的？是谁创造出来的？我真希望能带他们来这里看看，让他们与欧赫贝的学者会面。我敢肯定，他们彼此一定有很多话题可以讨论，而且看待地球历史的观点也会全面改变！

"如果呢，"科尔内留斯抓着我的手臂，悄声说，"如果蓝山也是一个关于地球诞生初期的传说，或许就能解释为什么人们永远无法抵达，你说对不对？"

那天上午，我们还见到了阿札黛的父亲。他当晚就邀请我们去家中做客。

我承认，我等不及想参观他的住所。旅行时，想了解当地人的生活，最好的方式就是去他们的家中吃一顿饭。我对欧赫贝的居民愈来愈感兴趣。在港口附近遇见的人们，总体来说，每天操心的事情和宇宙志学者有着天壤之别。他们都是单纯的老百姓——渔夫、店老板、水手，从事的工作不离来往港口的熙攘人潮。或许还要再加上众多书商和地图商，因为这里是大宗图书的交易集散地，随处可遇见他们。然而，对大多数老百姓而言，薄雾之河的另一边发生些什么事，与他们并不相干。探险队凯旋，他们会去参加游行，偶尔也去内陆花园逛逛，感受身为欧赫贝人的骄傲，完全不想去接触其他民族。他们歧视住在欧赫贝内陆中心的印地岗土著，同时也得承受宇宙志学者的自大傲慢。学者阶层丝毫不想与低贱区的庶民有任何瓜葛。

阿札黛来地底号找我们，时间比前一天提早了不少。我已穿上最华美的衣裳，戴上我的云绸围巾。女孩带我们穿越斜坡上的小巷弄，都是我们没走过的小路，沿途只见数不清的庭院花园，而她的父亲，阿佛兰帝斯·布拉扎丁，就在最高的那一座花园，站在自家门前等候我们。他把我们奉为上宾款待。一进门，只见一座辽阔的内院，院子里的大树开满了花。然后是一连串通风良好的回廊，一列列廊柱精雕细琢。宴席设在露天平台上，丰富美味极了。用餐时，阿佛兰帝斯发现我颈子上的围

巾竟以只有宫殿才能拥有的布料制成，拘谨地表示惊讶。科尔内留斯把这方云绸的来历解释给他听。真是无巧不成书，没想到，这条长巾与招待我们的主人竟有一丝关联。

当初，科尔内留斯动身寻找云绸的故乡，根据一位旅店老店主留给他的一本论著旅行。自从那个遥远的风雨夜后，他就再没见过那位老店主。而阿佛兰帝斯的姓氏竟与那位老人相同。两人都是来自布拉扎丁宇宙志学者家族。所以，经过这许多年，走过这漫漫长途后，我们相聚在此地，同被这块沾染黑夜色彩的薄纱吸引。长巾披在我肩头，轻盈可比一朵雪花……

或许，在那个时候，对于这种巧合的后果，我应该多担忧几分。

阿佛兰帝斯是探险队成员，接受宫殿派遣，深入远方，前往薄雾之河那一边。他希望有一天归来时，能晋升为大发现家。只有带回珍宝的探险家才能赢得这项头衔。科尔内留斯花了许多时间，详细问他何谓珍宝。阿佛兰帝斯列出一份长长的清单，对我们描述各种珍禽异兽和奇花异草。

“对一名宇宙志学者而言，”他眼中闪着激昂的火焰，“最大的荣耀就是带回一样珍宝。”

“这件事在世界许多地方都成立。记得当我还在翠玉国的时候，曾经听人说起玉皇帝为迎接一只来自远方异国的长颈鹿，办了一场阔绰豪华的宴会。当时还没有人见过那种集优雅与力量于一身的动物。长颈鹿到翠玉国三年后，我还在深山的破客栈里看到小贩兜售它们的画像！事实上，那些画很粗糙，手法也很拙劣，但是您应该看看人们入神欣赏它们的模样……”

阿佛兰帝斯耸耸肩。

“这就叫好奇，不是吗？一种有点粗鄙的品味，凡是能让人脱离平淡的都好。庸俗的人们只看到事情的表面，这很正常，而且还应该鼓励他们。一位赢得宫殿推崇的大发现家，将在全体人民面前凯旋游行，那永远是一个普天同庆的欢乐场面。但是，对于一个像我这样出生于宇宙志学者世家的人来说，带回一样珍宝，更是别具意义……”

阿佛兰帝斯刻意停顿了一下，确认我们仍聚精会神听他说。

“对我们而言，那表示，欧赫贝还活着！”

“活着，像一个生物那样？”

“也可以这么说。这证明了，在云雾遮蔽之下，这片土地仍在持续创造及生产新品种生物。我们宇宙志学者的任务就是组成探险队，越过薄雾之河，去寻找新的证物，证实欧赫贝有强盛的创造力，并以各种方式尽可能描述，让众人知道。由于学者的职责就在于不断充实自己的知识，而知识又来自于丰饶繁茂的内陆大地，这个循环永远没有尽头。两位应该看得出来：我们投注的心力远远超过无名小卒的轻微悸动。我们不能满足于接收，必须积极去挖掘！

“要探索发现，”阿佛兰帝斯恢复了温文儒雅的样子，做出结论，“必须得到内陆大地的指派，被它选中才办得到。许多人都努力争取，但成功者几近于零！”

他表现出一种非比寻常的坚定信念，每说一句，手臂都大幅摆动，时而张开大手，时而紧握拳头，整个人被那股欲望占据。我暗自思忖：在许多方面，科尔内留斯也十分认同这种朝一个目标不懈前进的理念，而他自己的目标更加明确，提起来时也总是显得得意洋洋。

我很清楚这股原动力有多强，甚至能估测到之后将引发的惨重后果。

几天后，阿佛兰帝斯带我们参观宇宙志学院宫殿。为了在脑子里有个画面，请试想一座巨大的迷宫，里面有几百间专门收纳地理学术藏书的图书室。因为，在这里，所有的一切，包括云朵的形状，都被制成了地图，绘制在数不清的材质上：有蛋壳也有桦树的树皮。阿佛兰帝斯领我们下楼，来到专门存放地理邪教徒作品的地底室。出于偶然似的，他从一列书架上取出伊本·布拉扎丁的小册子——《靛蓝双岛回忆录》。科尔内留斯激动不已，将它捧在手心，兴奋颤抖地翻阅。一时之间，他不敢相信自己的眼睛。这本书像极了当初老店家留给他的那一本！那本论著引领他上路，从日升帝国的城市来到永高岛。但这不可能是同一本书。因为，早在多年以前，他在翠玉国边疆的一座驻防城市遭到囚禁时，那本书就被没收了。怎么会出现在这里？应该是复制品。但是，错了，同样的字迹，同等的页数，而最终的关键证明则是一些章印。那些朱印显示：这本书曾经出现在他去过的那些地方。

阿佛兰帝斯用眼角偷偷观察科尔内留斯。他刻意把发现这本书的影响性降到最低，坚持作者所写的内容根

本不可信，同时却又强调作者的确是他的叔父，就因为写下这本论著，遭到被驱逐流放的命运。科尔内留斯转身看我。我们两人都想到了黑船。我响应了他的眼神，但不确定我俩是否真的了解彼此的心意。因为，这场发现不但没有令我欣喜，反而再度燃起我的担忧。

接下来所发生的事已在预料之中。

我们又与阿佛兰帝斯见了几次面。他邀科尔内留斯一起去那里，薄雾之河的另一边。这是必然会发生的结果，但我不喜欢那座远方之蓝山，也对它不敢放心。阿札黛曾告诉我们，薄雾之河后方那一大片土地，千变万化，难以捉摸……本能反应之下，我宁愿选择任性的风，甚至狂暴的巨浪。

以往，我经常让科尔内留斯下船上岸，让他消解对探险的极度渴望。他可以溯河而上，走上几天几夜；或沿着棱线向前，一直爬到最高点。帕当手持弓箭，陪他同行。在这期间，地底号则绕着海岬航行，有时穿越沙洲小湾，有时绕行几座礁岩海湾。我探测湾底深度，描绘海岸线。天空里升起一道狼烟，提醒我他们探险归来。我看见他们在沙丘顶端挥动手臂。然后，我花几个钟头与科尔内留斯吵架，对照一下我们各自的说辞，其实都是为了些无关紧要的小事。他这个人少了点幽默感，不过，也正因为如此，才显得迷人。

然而这次的分离将不同于以往。

追求了大半辈子的目标终于近在眼前，仿佛唾手可及，这种时候，会发生什么事？一块香料面饼纯粹的香气与味觉瞬间绽放，替我敞开了航海之路的大门。那是起始的第一步，是一股冲动，而非结束。从此以后，我只追寻一件事：迎风扬帆，去发掘这个世界为我保留了什么。

当初，他以蓝山为目标，起程出发。尽管朦胧难辨，虚无缥缈，那座山却屹立不摇，一路如影随形。蓝山带他远离家乡，横渡沙漠与汪洋。无论他到哪里，它必然挡在他的地平线上。他的心念思绪始终无法从蓝山解脱。现在，它比任何时刻都近。而这样的事实，可能带来多么恐怖的后果！我被击溃，一败涂地。

因为那座山不肯安分地待在地图上。

他还曾经见过它，在一幅画上，一辆牛车朝它驶去。那是一辆灵车。老店主曾特地叮咛：那座蓝山，看得

见，到不了。但是若有一天他真的到了那里，我暗自神伤，还能回得来吗？那样的一座山，前往的人不都已走到了生命的尽头？

这个念头沉沉地压在我心上。让他走，使我焦虑不已、坐立难安。天光刚亮，一个海豚家族围着地底号遨游嬉戏，它们这一家一直陪着我。我下海潜游，想耗尽自己的精力。当其中一只准备下潜，与我擦身而过时，我紧紧攀住它的背鳍，任由它拖着我朝海底游去。我尽可能沉到最深，在水里停留到最久。海底下，我的胸腔被钳制得好紧，但我仍继续下潜，直到筋疲力尽，直到天旋地转，只感到浮起之时，压在心口的重量也逐渐减轻。有两三次，科尔内留斯来找我，但我对他说不出任何话语。

在他出发的几天前，我们一起去贩卖珍贵树脂与宝石的商区闲逛。他走向一个摊位。那些珠宝令我反胃作呕。我握住他的手。

“我们走吧！科尔内留斯。”

“事情不是你所想的那样，席雅拉。”

“请你别这么做。我讨厌所有装扮首饰。”

“席雅拉，你不必担心。如果你以为我竟然想买东西换取你的耐心等候，对我可是一种侮辱。”

从珠宝商接待他的模样看来，两人似乎已经见过面。的确，商贩立刻拿出一颗燕子蛋大小的宝石，这颗石头裂成相等的两半。除了一股不可思议的吸引力之外，没有任何东西能让这两个半块合而为一，绑也绑不住，黏也黏不起来，什么方法都没有用。

“请试着将它们分开看看。”商贩的嘴角挂着一丝微笑。

我抓住其中一块，科尔内留斯拿另一块。我们用尽全力拉扯，一点也没办法。最后我们两人都笑了起来。我们必须从裂缝中插入一片薄刃，才能分开它们。科尔内留斯请商贩用这两半宝石为我们做了两条手链。我们从码头回船。我感到链子在我手腕上搔挠，蠢蠢欲动。商贩信誓旦旦地向我们保证：只要分别拥有它们的两人情意不渝，彼此相系，宝石的吸引力永远不会减弱。

“我不确定这是个好主意，科尔内留斯。”

“这只是一块小石头，席雅拉。”他叹了一口气，“你不必觉得非佩戴它不可。”

但在他出发前夕，在地底号上，他请我把我的手链放在桌板上，将剖开那一面朝向他。接着，他大步朝甲板另一端走，维持在一定的范围内，左右来回，转了好几次弯。两块石头完美地维持在同一条线上：我的那一块随着他的移动方向旋转。然后，他把自己那半块宝石摆放在桌板上，要求我去走动。我耸耸肩。果然不出我所料，两端的石头互朝彼此旋转。我转身背对他，这个游戏我玩倦了。他感觉到我的恼怒。

“它们的反应跟你的绿透闪石一样。那颗石头永远指向北方。”

“绿透闪石是一种航海工具，科尔内留斯……”

“当我越过薄雾之河，置身遥远的地方，”他不反驳我，自顾自地继续说，“我们的宝石仍将维持在同一条线上，因为，你和我，我们会望着对方的方向。我们不可能失去彼此，席雅拉。这就是为什么这种石头会被称为‘爱恋磁石’*。”

最后一晚，他收拾行李。我整夜失眠。我在深夜下

---

* 法文的磁石又称“aimant”，与形容词“爱恋的”字形相同。

水游泳。所有人都沉睡。就在破晓之前，我看见科尔内留斯登上小舟。到港之前，他的目光在海上搜寻我的身影。我好不容易挤出一丝气力，朝他挥了挥手。压在我心头的担子太重。我任自己沉入海中，让海水淹没脸上的泪。

8

接下来的几天，我的手腕疼痛不已，只好摘下手环，收藏在我的舱房里。

我继续探访这座城。有一天早晨，我甚至走到了悬崖之上，来到薄雾之河边，探险之路的起点。那一片蒸腾朦胧的乳白向前挪动，经过之处，一切抹灭。我面对它，驻足许久。

地底号甲板上的晚间聚会依旧活泼有趣。如此过了一天又一天，一周又一周。我在人前强颜欢笑，甚至接受邀请，登上其他船舰游览。许多船队已准备离开，回避即将到来的恶劣季节。我好思念科尔内留斯。瑙已成为帕夫萨尼亚斯的伴侣，从此上他的船陪他。恐怕她也终将离开我。

不久之后，泊船场里遭逢好几场骤雨，一场比一场狂暴。如胳臂般将船只围绕在小湾里的两条长形陆地已不足以粉碎来自汪洋的长浪，也削减不了猛烈的浪势。好几艘船身破裂，许多船桅折断；阵阵狂风冲入航道，接驳小舟一不小心就翻覆。地底号的抛锚点位于安全之处，但不到一个钟头的路程，去海岬上走一圈，就能看见怒海翻腾，浪沫大军从地平线底端冲锋，朝沿海峭壁攻来，汹涌轰隆，在我们脚下如雷鸣般咆哮。

有一天，在暴风雨中，一艘小小的船舰摇晃踉跄地驶来。货舱应该早已脱落，船身歪向一侧，从一个浪头荡到另一个浪脊上，倾斜的程度令人担忧。我看着它，固执地向前航行；它的船艏潜入浪中，所有开口都淌出海水，处处因海盐沾粘而泛白，船帆破烂如褴褛。看见它好不容易驶入港湾，找到一处遮蔽的场所，我才终于松一口气。

回到自己的船上后，那个情景在我的脑海一再浮现。船舱外，风势稍减。内陆大地那边，情况又是如何呢？薄雾之河另一岸的天气与这里完全不同，阿札黛曾向我保证。

科尔内留斯出发后三个月，人们终于宣布：探险队即将归来。我顶着灰暗的天空，穿越倾盆大雨去迎接他

们。雨势逼人，我不得不奔入长廊下，跑一段路躲一会儿雨，走走停停地赶到宫殿。

只见一小群疲惫不堪的队员。我瞥见阿札黛也来到人群中打探消息。她脸色苍白如缟。我在途中拦住她。

探险行动失败。阿佛兰帝斯和探路队队长都没回来。科尔内留斯也一起失踪。

我咬紧嘴唇。

阿札黛颓倒在地。我送她回家，她的家人让我随她进屋。我试着安慰这个年轻女孩。

“不需要因为他们失踪了就往最坏的方向想。他们会回来的。”

“其他探路队队员看见他们走入长草丛。我父亲、科尔内留斯和探路队队长勒皮亚斯三个人。他们遇上了暴风雨。那是一片云草汪洋啊！席雅拉！草长高出常人三四倍，像编藤一般紧密。在那里迷路，就再也回不来了。”

“我去找他们。”

“您根本到不了那里。”

“为什么？”

“首先，您必须渡过薄雾之河。从来没有人自行渡河成功。那些云雾有多么浓密，您完全没有概念。拖曳云雾的气流使所有感受错乱，您只会坠入看不见的悬崖，或迷失在没有出口的小径上。暴风雨说来就来，能置人于死地。唯有盲人行会的成员知道如何渡河。”

“那我就雇用他们来帮忙。”

“没有任何盲人会愿意领您渡河的，相信我。”

她摇着头，仿佛听见一个痴人说梦。

“必须等到下一次探险。”她叹气。

“那么，我们就和他们一起出发吧！”

“席雅拉，您不懂我国的习俗。这些前往内陆大地探险的团队直接隶属宇宙志学院，由贵族世家的代表决定人选，不是这么简单就能加入的。我的意思是……您是女人，而且还是外国人。”

我回到地底号上，召集所有伙伴，征询他们的意见。马泰奥来回踱步。帕当想等天一亮就出发。帕夫萨尼亚斯在瑙的陪同下，也来加入我们。

“天气仍然不太稳定，席雅拉。从这里就能看到：那一圈云带里隐隐劈着闪电。大家都不希望连您也一起失踪。至少等到天气平静下来再说吧！”

“我们跟你一起去。”瑙转身望望安荷和妮荷，说，

“你会需要我们的。”

“我最需要的是知道你们都活得好好的。我曾经坚持己见，造成了某些不幸的后果，至今还记得很清楚。”

“这次不一样，席雅拉。我们同心协力，聚集所有好运。我们是潜水高手，你需要我们的经验。我们擅长在潮流与旋涡中移动。在混浊幽暗的水底，我们从不曾迷路。”

“高山上的情况与你们所熟悉的环境完全不同。”

“席雅拉，”帕夫萨尼亚斯猛然打断我说，“好好听我的话，您绝对不可独自前往那里。”

我说不过他们，只好屈服。于是我们有时间准备粮食，采买一点装备。我不想听到关于向导或探路员的事。我有我的磁石，跟绿透闪石一样可靠。而且，我知道，这个秘密对我们的任务十分重要。

当暴风雨季逐渐远离，我们约在城门口的探险堤道上见面。帕当和我一起前往，瑙和帕夫萨尼亚斯则从另一条路过来。我们先前做好了决定，不再增加人数。四个人就够了。我已经牵连伙伴的生命太多次。马泰奥留在港口，我把照顾地底号和船队这一小群成员的任务托付给他。

我们抵达一座隘口山顶的石拱门。两道拱门后方，薄雾之河的几道气流狭长延伸，平行流动，映着朝阳曙光，从阴影中显露轮廓，条条分明。它们藕断丝连，一圈又一圈，绕行不倦，宛如一大群绵羊向前行走，削平山脊的高低起伏。即使远远观看，仍十分摄人心魄。帕当迈步开路，走入一条山径，一步一步，偶尔停下呼喊，等到最后一人跟着呼喊，传回他的耳朵，才继续向前。有时候，小径愈走愈陡峭，几乎笔直向上；有时候，路的尽头是一堆乱石杂林，无法通行。碎石从我们脚下滑落，容易攀爬的坡道不知为何突然缠绕纠结，变成处处是陷阱的阶梯。我们被迫原路折返，回到一个岔路口，找到我们先前沿路摆设的石头堆，那原本是用来标记回程的道路。我们在半山坡一块岩石上暂时歇息，石块的底部笼罩在浓雾中。在什么也看不见的状态下行走，好累。再往旁边走三步，迷茫的三小步，下场不是消失就是坠落。帕夫萨尼亚斯接替帕当领队。走了五六个小时之后，我们来到一座悬在半空中的山尖，只好回头，全程再走一遍，从原点再出发，试试看别的路。

一天下来，在营地里，大家互相说不到两句话。我们走了一天却几乎没有进度。没有人想把这件事说出

来，不想让自己更泄气。

第二天，云雾更浓更厚。我们伸手搭在前一个人的背上，鱼贯而行。瑙走在最前面。她带我们来到一座高原，眼前有好几条路径交错盘结。

我拿出我的磁石，当成坠子一般提着，走到队伍最前方，坚信它所指引的方向。走了还不到一个小时，我脚下的土地开始滑动。帕夫萨尼亚斯及时抓住我，我们四人一起向后跌倒。一道亮光短暂扫过我们下方的沟壑。我们再度折返。

帕夫萨尼亚斯要求停下来休息一下。他把奶酪硬饼和肉干分给大家，然后坐在石头上，指着洒落地面的羊粪说：

“这些山径根本不通，是动物走出来的路。它们到处乱闯，绕来绕去，没有起点也没有终点。”

“我的磁石不会乱闯。”

“您说得对，席雅拉。磁石准确又可靠，只会指出另一半的方向。只是，石头无法判断地形可能产生的意外。如果盲目跟随，我们会被它直接带向另一道深渊！”

“在抵达高原之前，还有另一条路可以走。”瑙说，“记得没错的话，要稍微往下走一点。”

“我也注意到了。我们应该试试看。”帕当也表示赞同。

“那我们走吧!”我说,“看看行不行得通。”

帕夫萨尼亚斯叹了口气。瑙再次领头。我们找到先前设下的最后一个参考点,所以必须再往回走一点。到了中午,薄雾之河的样貌骤然大变。长河忽然化为瀑布。大朵大朵的乌云从底部升起,重叠交错,互相卷并。眼见浪潮般的云雾膨胀扩大,载运大袋大袋的墨色雨水,任由狂风吹送,我们却觉得阵阵寒风刺骨。云瀑轰隆,倾盆大雨瞬间落下,雨势猛烈,从侧面斜打,捶击地面,汇成激流,滔滔奔下山沟。暴雨冲刷之下,岩石松动,我们又摔又跌,不时滑倒。

“该回去了,席雅拉!”帕夫萨尼亚斯怒吼。

我们在一道道水龙卷威胁下离开,彻底溃败,在一堆堆乱石中踉跄匍匐。我始终不知道我们怎么没有迷路。我的双腿早已酸软,颤抖不已。我们每次停下脚步喘息,雷电就劈落在身旁,同时投下一道惨白微光,照亮我们幸运闪过的无底深渊,仿佛对我们更进一步严厉警告:永远不要再回来。

再见到地底号熟悉的身影时,我大大松了口气。所

有船员都从侧舷栏杆探出身子，等着迎接我们。安荷和妮荷跃入水中，游到接驳小舟来找我们。唐诺贝老婆婆和寰老爷爷两人缩搂在一块儿，露出占去他们半张脸的大大微笑。马泰奥站在他们旁边，看上去像个郁闷的大巨人。

“你们回来得正是时候。”他一面帮忙拉我爬上舷门绳梯，一面抱怨，“再不回来，他们两个要担心死了。尤其是寰老爷爷。他在大半夜里突然惊醒，说你们直接走进了狂风暴雨里！我看看四周：明明风平浪静！但是呢，从那时起，我们好说歹说，怎么样也没办法叫他放心！”

“寰爷爷深谙一切关于风雨雷电之事，马泰奥。而他担忧得没错。我们在薄雾之河遭遇到一场猛烈的骤雨，差一点就回不来了。”

我们几个都暖和了身体。我肩上披着毛毯，手里捧着一杯茶，依然心力交瘁。我无法回想起我们实际走过的路途，无法得知我们是否曾经有那么一点点接近薄雾之河的另一岸，只能怪我自己：阿札黛早就警告过我会有这个后果。每一次渡河的地点与所需的时间都不同。只有盲人懂得该如何在其中移动。只有他们能决定该走哪条路。

“如果瑙坠入其中一座深渊，亲爱的帕夫萨尼亚斯，我将永远无法原谅我自己……不用说，若出事的是帕当或是您也一样……唉！我实在没办法再回那里去了。”

“我们大家都很害怕，席雅拉。老实告诉您，我发誓，我吓坏了。我们已经尽力走到最远的地方……”

“您不懂……那几道薄雾之河令我恐惧。即使在最剧烈的海上暴风雨中，我都从来没有这种感觉。它们摧毁了我的勇气与意志力，拔除了我所有的力量，仿佛有一面隐形的屏障，禁止我进入那片领土……”

“您该好好休息，席雅拉。”他温柔地提醒我，“您似乎不晓得，这里的人们多么牵挂着您！”

我抬头凝望：欧赫贝城以及环绕着这座港城的海岸峭壁，全笼罩在那顶云雾帽冠之下。到了门口，门却锁上，我心想，这道门锁阻止我去会见亲爱的金发恋人。他就在那边，在薄雾之河后方，我却无法跨越阻隔我们的那三小步。我转身对帕夫萨尼亚斯说：

“那么要是我沿着海岸航行呢？一定有另一条通道，总有一个地方的岩壁朝海面低斜！”

帕夫萨尼亚斯抬起一只手，打消我的念头。

“席雅拉，如果事情能用这个办法解决，我们早就出航了。相信我，世界上没有一块陆地像欧赫贝这样完美环绕，也找不到更陡峭的岩壁。除了您先前尝试过的途径以外，没有其他方法。我也一样，我曾以为会有另一条路可通往内陆大地。事实上并没有。在回到出发的原点以前，您将耗尽食粮。”

“总有什么事能做!”

“没有人要您放弃，席雅拉。”他的语气更温柔了，“尤其我，绝对不会。但是，您必须认清事实：您一个人无法揽下一切。渡河这件事已超出您的能力范围。但另有别人办得到。以后还会陆续成立新的探险队。的确，还有一个机会，它确实存在。您应该不惜任何代价，与宇宙志学院维持联系。”

9

我听从他的建议，时常去宫殿走走。我在那里遇到几次阿札黛。女孩重拾了希望，跟我一样，将一切寄望在下一次的探险行动。不过，我们倒没有苦等多久。一天早晨，消息传来：在薄雾之河那一边，失踪者凭着自己的力量，成功抵达一座村落。盲人向导已协助他们渡了河。

山头上，靠近城门之处，探险之路的起点，有一小群人聚集等候。阿札黛瞥见五六名步行者的身影，立即奔向前去。我看见她投入父亲的怀抱。她的父亲肩上披着毛毯，缓缓下山。领头的盲人们朝旁边散开，让出路来。探险队向前走近。我认出身材较魁梧的勒皮亚斯，他是探路队队长。他看起来也已筋疲力尽，靠在一名盲人身上。我又等了一会儿，可是在他们身后没有其他人

抵达。没人。事实不容否认，更凸显出这个平凡的字眼蕴含着多少残酷。我将礼数拘谨全抛到脑后，也朝队伍奔去。

阿佛兰帝斯认出是我，从路旁斜朝我走来。

“席雅拉!”

“阿佛兰帝斯！他在哪里?!”

阿佛兰帝斯对我摇摇头。阿札黛紧紧攀住他的手臂。

“我们爱莫能助，席雅拉……”

“但是他还活着，我知道!”

阿佛兰帝斯用奇异的眼光注视我，琢磨着该说些什么。他脸上挂着疲惫，人也瘦了许多。阿札黛挡在我们中间：

“我父亲该休息了!”

“请您明天过来，席雅拉。”他叹了口气，“我会把经过告诉您……”

好奇的群众散去。我下山走回港口。

“在那边，暴雨太凶猛，长草东倒西歪。然后，就再也看不见他的踪迹了。”

阿佛兰帝斯的目光茫然消失在我后方。他捧起一只白瓷碗，喝了一小口。

“我们用尽全力呼喊他，尽可能地喊，喊了许久。然而，夜色无比漆黑，甚至伸手不见五指！”

“但是你们回来了，阿佛兰帝斯。为什么他却没有一起回来？”

“我们运气很好，距离前一个营地不到百步。那里还有先前留下的存粮。过了那个地点，我们也没能找到来时的道路，被迫绕了许多圈子，完全不知道自己身处何方。那些长草所覆盖的土地辽阔无垠。我们走了十天才终于出来，但是距离盲人行会的路径已经太遥远。相信我，席雅拉，我们已尽了最大的努力，接下来只能听天命了。”

“但是，你们在那里所遇到的土著呢？那些印地岗人，他们生活在长草丛中，不是吗？他们不是可以对他伸出援手吗？”

“这个可能性，我也曾经想过。不过洪水涨得太快，而且四周又如此黑暗。我看不出他们怎么样才能发现他。该怎么说才好，我觉得他会发生这种事，都是我造成的……”

“反正，无论如何，他都会去的。您只是刚好给了他机会。”

“希望您把这里当成自己的家，有任何需要帮助的地方尽管说，想来就常来。”

阿札黛热烈赞同父亲的意见，紧紧握住我的手。她送我到门口，一定要我答应再来。看到他们愿意分担我的痛苦，我稍稍感到欣慰。但是该如何告诉他们：我手腕上的磁石仍时时灵活转动？

天候逐渐稳定晴朗，泊船场里活动多了起来。船舰来，船舰去，接驳小舟不断穿梭，载运乘客驶向锚场里的船只。宇宙志学院宫殿的官员登上地底号，归还从我这里借走的三份地图。我百感交集地摊开科尔内留斯那一份。我们航行过的路线都由他亲手标记在图上。我仿佛又见到他英俊的脸庞专注俯看着图纸，当我打断他时，他抬眼看我的模样……官员们告诉我，我这些地图已复制了备份，收藏在宫殿里。而既然原图已经归还，从此以后，我不再享有嘉宾的特权。这表示，我们的资源即将耗尽。我必须做个决定。

帕夫萨尼亚斯正打算出发。他在五珍码头购买了一种特殊品种的面包树插枝和植株。这一批货娇嫩易损，不堪等待太久。他前来告别。所有船员都在甲板上相聚。我的心揪成一团，一想到要与我的永高岛妹妹瑙分开，更是百般不舍。我想念她开朗的个性，还有一起游泳，与海豚嬉戏潜水的幸福时光。

“我们明年会再回来。”帕夫萨尼亚斯对我说，“其实您也一样啊！席雅拉，您也该重返大海了。”

“帕夫萨尼亚斯，我办不到。”

“这里没有人敢直接跟您说，然而，您必须这么做：您该考虑面对最坏的结局……”

“我办不到。”

他把头侧转过来。

“对一艘像地底号这样的船舰而言，长期抛锚停泊，呆数天上飘过的云朵，是很不光彩的一件事。艏柱上长出了一撮海草胡须，每有一丝微风吹拂泊船场，它就尖声唧哼，这些都不适合它。本来被打造成的适合远洋航行的精壮身材，如今变得大腹便便。船上所有人都心知肚明，亲爱的席雅拉。而大家都仰赖您想个办法。”

“我会考虑的。”

他对我伸出双臂。瑙对我们每一个人行礼，依照永高岛的习俗，双手合十。马泰奥用粗壮的大手揉碎一颗泪珠。瑙哈哈大笑：

“你弄错眼了啦！”

“我只有右眼能看东西，但两只眼睛都会流泪。”他笨拙地解释。

安荷和妮荷也跟着笑了起来。采珠女的笑声是流淌不停的泉源。唐诺贝老婆婆和寰老爷爷眯起他们那张皱巴巴的风干老脸。

我们目送帕夫萨尼亚斯和瑙下船，登入接驳小舟，朝他们的船舰驶去。此时，我对马泰奥说：

“帕夫萨尼亚斯说得没错。我们不能继续留在这里。什么都不做，就这么枯等下去，一点意义也没有。我们必须打点地底号，储备用水和食粮。一个星期之内，我要它做好起航的准备。”

听见这个消息，他开心得跳起来。

“给我两天就够了，席雅拉。包在我身上，保证妥当。”

“我想把地底号交给你来指挥。帕当对船只的操作够熟练，会是一个很好的副手。我要你们回永高岛去。”

“但是，席雅拉……”

“唐诺贝老婆婆和寰老爷爷年事已高，不能在离家乡这么远的地方待太久。他们应该回到看着他们出生的岛屿安享余年。在返回永高岛之前，先绕到香岛让他们下船。”

“席雅拉……”

“地底号需要伸伸腿拉拉筋。这艘船就像一匹纯种马，所以，不必特别调整风帆。我知道你也渴望着大海，好久没迎风过过瘾了。让地底号在汪洋里奔驰吧！明年，带着采收到的珍珠回来。珍珠在欧赫贝可是值钱的货币。我会在这里等你们。”

这样比较好。孑然一身，两袖清风，我能撑得久一点。我在港口附近找到一个房间，距离宫殿只有两步之遥。我有种感觉：办法就在那高墙之后，在一座座图书室构成的迷宫里。办法是什么，我还不知道。不过，所有的一切都经由宫殿进出。主要的探险行动都在这里决议。盲人行会在此聚会，探路员在此研究路线。每次探险队归来，采集到的动植物都送到内陆花园观察保存，而旅途日记和笔记则在经过严格审核之后，誊录在一张神秘的母图上。

我回去拜访阿佛兰帝斯。他没说谎，果然尽力帮我。他已经为我开启了他家屋舍的大门，现在，又为我敞开

了解他家族的门路。

布拉扎丁是一个有权有势的宇宙志学者家族。除了那位写下《靛蓝双岛回忆录》，被斥为地理邪教，引发流言蜚语，遭驱逐流放的叔父之外，其他成员都在宫殿里担任各种职务。阿佛兰帝斯有一位兄弟是兵器宝库的监督官，另一位在口译学院当秘书，最后一位在诠释智者议会占有席位。阿札黛的母亲虽然已经不在人世，但她生前也曾在彩绘室担当要职。女儿想追随母亲的脚步，刚进入彩绘室当学徒。

阿佛兰帝斯把我引荐给诠释智者议会。聚集在这个称号下的，个个是宇宙志学者中的精英。这 15 位智者，好奇心永无止境，探索的范围丝毫不局限于内陆大地，更延揽海外世界的一大部分。我发现，所有从翠玉国取来的地图都交到了他们的手中。他们能凭记忆指出黑珍珠群岛里的航道，或三香潟湖的运河。他们花了较多时间去研究一张并非由夜官制作的天尘图。他们热切地询问了我许久，要我叙述旅行见闻。应他们的请求，我描述了家乡山村和岗妲城的模样。他们一定要我详细说出每个细节：灯塔、货栈、海军团花园各在哪里运作……

他们从城市的设计构造去寻求当地的历史。他们要我背出所有街道的名称，闭上眼睛回想出复杂的阡陌纵横。我特别用了一整段时间讲述我们的回航庆典和长者面饼的仪式。用一块香料面包来彰显旅途的滋味，这种想法令他们深深着迷，对于逐年收藏面饼香气的那座文库殿，更是醉心不已。

“可惜我们宫殿里没有这个。我们应该建立一支新的地图学派，构想一份地志，标记目不暇给的奇妙事物与令人嫌恶的讨厌东西！”

“听说，您有一颗海豚的心，这是真的吗？您能在水底潜游多久？”

“海底的国度应该美不胜收吧！我们要请人制作沙粒、贝壳和珊瑚树林的地图，这样才能有个概念……”

“还有，亲爱的席雅拉，您是否能对我们说说那个北方国度？在那里，一年中有六个月都是白昼？在这整个时期，当地居民真的睡得着？”

“那里产什么香料？”

“您是怎么躲开冰山那些船舰杀手的？冰堆是成群漂流的吗？还是独来独往？是否服从于某一座冰山之王？”

不到一个月，我已征服了这个白须老人们的权威集会。我化身来自海上的山鲁佐德*，每天为他们扬起新故事的船帆。智者们坐下，一阵衣衫窸窣。他们持着烟斗，邀我开讲。

于是，我开始讲述。说着说着，我看见他们交头接耳，嘴唇随着我说的话喃喃开合，从胸腔呼出惊叹，不时因为惊奇而挑眉睁大眼睛，或恼怒得皱紧眉头。为他们说故事所得到的报偿是：我可以在宫殿里任意来去，参阅档案，探测他们的记忆，爱问多少问题就问多少问题。而说真的，这下子轮到我大开眼界，赞叹不已。因为，宫殿为全世界的历史开辟了那么多厅室，我每进到一个专区，仿佛就能听见该地居民歌唱。然而，曾有多次机会，我踏上了科尔内留斯的足迹及他以往的旅途，却没找到关于靛蓝双岛或蓝山的蛛丝马迹。这两个地方只在老布拉扎丁的论述中出现过。几个星期过去，我一点进展也没有。

我必须更深入这座庞大地域梦想机构的核心。最后，我提出申请，加入女制图师学院。只有这些女性能进入

* Shéhérazade，是《一千零一夜》里宰相的女儿，自愿嫁给暴君，每夜为他说故事。她把故事讲得生动有趣，国王为了继续听下去而舍不得杀她。

彩绘室。宇宙志学者们热烈支持我的资格，仔细告知，在开始学习之前，我该做些什么准备。阿札黛已成为学徒，毛遂自荐当我的制图教母。她协助我熟练应用各色墨水、各种尺寸的画笔、大理石粉、黏合剂和橡胶、青铜尺和银圆规。多亏了她的帮忙，再加上昔日我在岗妲海军团的所学，只消几个月的时间，我就取得了彩绘女制图师的资格。我们的工作内容是整理探险队长和探路队长的笔记，将他们在薄雾之河另一边随手速写的风景、动物和植物草图以精确的样貌呈现出来。我们也学着把这些事物画在羊皮纸上，当然也学习画山岭江河。

我从此占了采集和印证情报的最有利位置，因为，所有探险队都必须把路途信息交给我们，无一例外。

可惜，没有一则消息与科尔内留斯有关。靠着阿札黛的帮忙，我私下询问过每一位队长和探路队员。我听取他们的叙述，抽丝剥茧。没有任何一个人发现过他的踪影。云草早已抹灭一切行迹。我的不懈努力深深感动了阿札黛和她的同学们。她们为我捎来所有可能有用的讯息。其中一个女孩找到一则古老的资料，见证了一座偶然在长草汪洋边缘找到的印地岗人荒村。报告日期比科尔内留斯出发的时间早很多，但是证实了许多人的说

法：在那片长草汪洋中，唯有这支民族不会迷路。我想用我所有的力气去相信：科尔内留斯遇到了他们。然而，没有任何文献提到靛蓝双岛。如果，根据回忆录上所说，牛车从那里出发，那么，它们竟然没留下丝毫记号与车痕，驶过之后，连一根草茎也不倒。在云草草原附近，唯一可见的山称为彻响山脉。最高的顶峰看上去的确大致呈现三角锥状，但是无法符合对蓝山那如此精确的细节描述。

彩绘女制图师长老萨娜拉每天分派工作给我们，并监督我们进步的状况。身为学徒，我们只为在彩绘室工作的女制图师做准备工作就心满意足。一大清早，我去游泳的时候，总把磁石牢牢绑在手腕上，确认不会松脱遗失。在宫殿里，磁石散发出一种奇特的光亮，温热地贴在我的肌肤上；而在其他任何地方，磁石的温度则大幅下降。我紧抓着这微小的希望不放。毕竟，科尔内留斯是因为绘制地图才闯入了我的人生之路。我心底有一股打不倒的意念，深信只有靠同样的方式迂回前进，才能抵达他的身旁。

一年就这么过去了。地底号回到港口。马泰奥一把抱住我，把我整个人抬离了地面。我再次感受到永高岛友人开朗乐天的天性。没多久之后，帕夫萨尼亚斯和瑙的船舰也加入我们。而在这段时间，瑙已当了母亲。她生了两个婴孩，一男一女，一对漂亮的双胞胎。

"以后我要教他们潜水，"她对我说，"现在他们在水中已经很自在，像两条小鱼儿游来游去。"

对于我成为宇宙志学院宫殿的一分子，她一脸惊讶；听我描述在那里的工作之后，更连连摇头。

"席雅拉，你至少还游泳吧？"

帕夫萨尼亚斯表现得像全世界最幸福的男人。以前我所认识的他，是一位出色的说故事高手；现在，他双手抱住肩膀，静静听瑙说话。安荷留在村里没来，她也建立了属于自己的家庭。帕当也有这个打算。当马泰奥宣布他即将和妮荷结婚时，我不禁扑哧大笑。

"这简直是传染病嘛！我的旅行家、冒险家们都到哪里去了？马泰奥，我还以为你想一辈子打光棍呢？"

"你说得没错，席雅拉，她是有很多缺点。"他用演肥皂剧的语气哀叹，"不过，我占了一个便宜：因为我是独眼龙，所以只看到一半！"

"我也一样啊！"美丽的妮荷立刻回击，伸手捏住他的下巴，迫使他转过头去，"席雅拉，你知道当他说太

多蠢话的时候，我都怎么做吗？我就只看他那半张好的侧脸！”

我一面饮茶，一面听他们讲故事，度过好几个幸福甘美的夜晚。和他们在一起时，时间总是过得飞快！然而，当起锚的时刻再度到来，无论马泰奥、帕夫萨尼亚斯还是我温柔亲密的姊妹知交们，都无法让我下定决心离开。瑙失望极了，耿耿于怀。她禁不住激动落泪，拒绝理解我为何如此顽固。

“你知道的，席雅拉，我从来都不喜欢科尔内留斯那个前往蓝山的荒谬梦想。他执意将手伸向那不可能的事物，将现实人生置于一旁，结果反被蓝山夺走了性命。而现在，我眼见你担忧得夜不成眠、面色苍白、眼圈发黑。你也是，终将被吞噬。回到我们的身边来吧！我会好好照顾你。我很想念你，所有的朋友都想念你……”

“我也想念你们大家。比你想象中的还想念。但是，我没办法放弃，我做不到。”

所以，一丝哀伤污损了我们团聚共度的这段美好时光。我跟他们相约明年再见。我站在堤岸上，手挡在眉前遮阳，目送他们两艘船舰渐渐驶远，直到那两个小黑点被地平线吞没，再也看不见为止。

没过多久，我和阿札黛晋升成为彩绘女制图师。在欧赫贝，彩绘女制图师的职责是更新母图。当学徒的时候，我们没有机会接触母图。但是，由于我们所有的准备工作都在这张母图上集结成一份，所以，就某个角度而言，它是一个终结点。我们可以说至少已知道它的架构，以及大部分要画在上面的东西。因此，我并不期待惊喜，也不认为这有何特别意义。阿札黛却相反，她掩不住兴奋，等不及想亲眼看见它，亲手摸摸它，只要一想到就焦急得跺脚。我把她的激动归咎于少不更事。

“你错了，席雅拉!”她狂热地喊道，“跟母图比起来，我们经手的那一切珍宝都微不足道。微不足道，你懂我的意思吗？无论在这里还是在世界上任何一个地方，它都独一无二。”

“我不想破坏你的兴致。终于能进入彩绘室和珍宝库，我也非常开心。不过，不是我故意要激怒你，阿札黛，我怀疑这真的能帮我多学到什么……”

彩绘女制图师长老萨娜拉来接我们。她带我们穿越

迷宫般的连串阶梯和长廊，一直来到彩绘室。在那整座空间里，设立了许多小画室，围着一个叫作珍宝库的圆形大厅环状排列。在宫殿中，这里是唯一禁止男性进入的地方，除非情况特殊，需要仰赖母图裁决的时候，例如审理地理邪教分子之时。女长老领我们进入彩绘室。在珍宝库中央，有一张大圆桌，上面覆盖了一块很大的布。彩绘女制图师们环列在旁，穿着长袍，戴着华丽招摇的饰帽，静候我们上前。

女长老一个手势，其中三人拉开布单，显露出母图。

阿札黛“哇！”的一声惊呼。

这个时候，直到这个时候，我才明了何谓内陆大地。这份地图重现无穷尽的万事万物，色彩相互呼应，几乎微微轻响，或许，只有演奏一段音乐方能表达。不仅如此，它揭露了最神秘的美妙、最遥远的记忆。只要俯身其上，就能看出山脉、森林与河川；若更靠近一些，还能辨识出岩石一角的轮廓，或者在云朵飘移之下，一片躺卧舒服的河岸。

“珍宝库是我们记忆之宫的中心。而母图则是开始及结束。现在，你们已经成为我们的一分子，阿札黛，席雅拉。”女长老庄严地强调，“轮到你们有此荣幸，将我们英勇的发现家在薄雾之河另一边探险的结果，誊录在母图的表面上。”

一位一位地，她为我们介绍在场的20位女制图师。其实我们已经认识她们了，因为，在整理速写草图时，每一位都曾与我们一起工作。但是，在这里，意义大不相同。她们和我们，一代又一代的女性，一笔一画，耐心地画着这张图。萨娜拉的声音在圆顶下回响。她的态度隆重，突然揭露的地图散发出神秘的美感，这一切加在一起，给人一种强大的印象，几乎令人生畏，仿佛加入了古老宗教里的某种秘密仪式。

“下次更新数据时，我们将再次在此全体集合。不过，在那之前，阿札黛，席雅拉，既然你们是第一次有机会亲眼凝视母图，今天这一整天就留给你们吧！专门让你们独享。”

她拍拍手，其他彩绘女制图师都退下，留下我们伫立在母图之前。

“珍宝库”这个称号并不夸张。这幅地图确实美不胜收。那感觉就好比我们因而长出了翅膀，能在那片风景上翱翔，探看最细小的褶缝、数不清的历史遗迹及巨变

转折。我轻轻吹一口气，几乎看得见图上画的湖面轻颤、森林微抖，甚至惊扰无数只小小鸟儿飞起。那是一个引人去浏览的世界，让人想长住久居的世界，也是一个使人迷失的世界。我凝望出神。出于直觉，我的目光不断朝中心张望，探索代表着云草汪洋的那一大块绿色圆点。阿札黛把手放在我的胳臂上。

“席雅拉，不久就要天黑了。”

我朝她质疑挑眉。

“已经很晚了。”她继续说，“女长老就快来找我们了。你确定你还好吗？你的脸色很奇怪。”

我不理会她，继续在图上闲逛，伸出一只手指，轻轻顺着一条山脊线流连徘徊；手掌拂掠一道翠绿透明的水流，在一座山谷底部蜿蜒。我看着薄雾之河的冠冕旋转，透过缺缝，我发现当初我和瑙、帕当及帕夫萨尼亚斯费尽力气却无法穿越的沟壑。然而，不知不觉中，我的惊喜赞叹被一种沉重的担忧取代，而这股忧心正逐渐扩大，变成焦虑不安。

“席雅拉，我知道你心里有什么愿望。但是，你所期待看到的并不存在于这张图上。”

“你为什么这么说？你什么都不知道！”

“我也曾经这么看过。而且不下 20 次。”

“那是因为你没仔细看。”

“只要问问女长老你就知道了……”

磁石坚持转向母图中央，弄得我手腕好痛。

“席雅拉,”阿札黛的语气温和下来，“靛蓝双岛并不存在……”

她是对的。对着母图中央那一大块绿色圆点，也就是大名鼎鼎的长草汪洋，我再怎么看都一样。几条河川注入其中后消失，变成几汪形状不定的沼泽。那块地方线条不明确，修改多次，是一个大盲点，没有确切的形状或轮廓。而且在那上面，没有任何显示山脉甚或丘陵的隆起。我感到双腿发软。阿札黛是对的。靛蓝双岛根本不存在。我瞬间崩溃，再也忍不住悲伤。

10

有好几天，我无法进食，连一句话也挤不出来。阿佛兰帝斯坚持要我在他家休息。我的房间面对内陆花园。阿札黛也展现了无比的耐心，帮助我恢复精神。阿佛兰帝斯每天早上探询我的消息，请他的大夫到我的病榻医治。我听见仆人蹑手蹑脚地来来去去，整间屋子的人都轻声细语。他们付出坚贞的友爱和慷慨的照顾。对于自己成为众人担心的源头，我感到惭愧不安。委靡沮丧的状况终于结束。我无时无刻不责备自己太软弱。

有一天，当阿佛兰帝斯看见我从头到脚穿戴整齐、起床活动时，激动不已。他对我说："亲爱的席雅拉，看见您终于恢复气色，我多么高兴啊！而您才刚能起身，就急着离开！为何如此匆忙？需要休息多久，请您尽管留下来。您知道这里的人有多么喜欢您！我向您保证：您的莅临使我们蓬荜生辉！”

“亲爱的阿佛兰帝斯，我不知道该如何感谢您为我所做的一切。阿札黛全心全意地将我照顾得无微不至。但是，我已经好多了。我必须回自己的屋檐下。”

“非常好。”他竟然呵呵笑起来，张开双臂，阔步行走，“那么，请您把这里当成您自己的屋檐下吧！”

“我不可能办到。很抱歉，我从来没改变过生活方式。”

“我再坚持下去，恐怕要失礼了……您晓得阿札黛对您的依恋。我相信，她喜欢您的那种感觉，有点像在对待她已过世的母亲……”

“我不想继续滥用您的慷慨好客。”

“这与慷慨好客无关。”他的声音里有一抹哀伤，“我真希望能为您付出比友谊更进一步的情感，而我想，这对您而言并非秘密……”

“亲爱的阿佛兰帝斯！请相信我，这份共同的友谊仍是帮助我活下去的一点力量！请不要为了一份我无法承诺的关系破坏它。我会尽量常来府上拜访。”

我重拾工作，回到彩绘室。但是，我昏昏沉沉，痛

得迟钝无感，一切逆来顺受。我心想：这下子，我变成了一只没有灵魂的虫子，大蜂巢里的一只小蜜蜂。一天早晨，我回海里游泳。我往下潜，用尽全力划水，努力潜到最底部，感受深海的压力，直到濒临缺氧，直到眼前蒙上一层雾，我在寒水与黑暗中等待……突然间，我慌乱不已，大力夹腿往水面游。我一口气吐出深海之水，大口吞吸空气，一面咳呕一面笑，眼中满是泪水。

我再也不跟任何人谈论那座蓝山。

科尔内留斯还活着。只是，他需要我。

更新母图的仪式永远在黎明举行，以便在夜幕降临时分完成。我们为了这个典礼，特地穿上彩绘女制图师的云绸长袍，全体到场，一个也不能缺。我们必须在太阳行进期间工作，尽可能地配合太阳在我们这片大地上空的轨迹。萨娜拉分派任务。她发下速写草图，命令我们誊录在大图稿上，并仔细讲解我们该使用哪些颜色，该达到多少精确度。我必须稍微修改一条河流的路线：最近一次的探险队发现它已偏离原来的河床半英里左右。阿札黛比我有天分，尤其在描绘动物方面，比我在行得多。她的任务是打草稿，画出一群章鱼象。说实话，到目前为止，只有三支探险队表示：在穿越一座伞树林时，曾看见过这种动物。不过，根据他们的描述与速写图案，可以推断章鱼象确实存在，因此，必须在母图上留下痕迹。

“相信您能以最轻描淡写的手法作画，阿札黛。”萨娜拉给她忠告，“即使这种动物的体型如大象，您也必须把它们画得像幻影……甚或接近鬼魅的程度。您手中握有探路员的记录，您自己也画过草图，所以应该知道：它们有六管附有吸盘的象鼻，还有两只茎柄，用来触探枝叶。我们已熟知它们出没的伞树树林，然而，在探险队带回一只活生生的章鱼象之前，我们无法确认其存在。所以，只要尽可能忠实地描绘出来就行了……至于您，席雅拉，小心不要抹去这条河流本来的路线。随着时间的累积，地图自然会完成这项工作，除非发生一场新的暴风雨，把这条河拉回原来的水道。在那种状况下，您现在画下的痕迹反而将被抹除。到时候再看吧！别忘了：到了这里，你们不再只是单纯的女画师，还是助手，辅助一场已进行了几十万年的演变。是欧赫贝本身借由你们的手表达出其样貌。你们必须坚决画出这种不确定性，你们不再有形体，必须幻化成风、沙和雨。”

我承认，在上第一层颜色时，我有一点发抖。然而，只不过是在凝干的颜色上涂一层透明的淡彩而已。一层薄透淡蓝，我必须重复描上好几次，才能得到适当的色调。我修改的这条河道沿着一座山谷奔流。过去，那片谷地原本属于一座更宽阔的山脉。从早先的颜料层次中，依稀可辨认出一些形状。我似乎看见一个无首族人——在古老的游记中总能读到这种角色出没，与以前在石化森林里看到的化石极为相像。我在稍远之处又看到一个，然后另外又有一个，被一抹代表森林的绿色圆点覆盖。

我花了一整天，才完成十个细微的修改。这段时间里，我们的长袍跟着天色变化，随着黑夜即将到来，逐渐染成靛蓝色。我的右手腕散发热力。萨娜拉在我身旁，写下宇宙志学者赋予伞树树林的名称，母图的修改即将完成。她是唯一有权在母图上写字的人。她拿着书写工具，也就是一根鸟羽，极为专注、心无旁骛地写着。我们的女长老已经很老了。当然，没有香岛的两位人瑞寰老爷爷和唐诺贝老婆婆那么老，皱纹也少一些。不过，还是上了年纪。她的身体总微微颤动，除非开始写字或画图。写字作画之时，她的呼吸非常缓慢，旁人会以为她完全静止不动。她宣布散会，并向我们道谢。

“阿札黛,”离开彩绘室时，我问少女，“你还记得吗？我们第一次参观内陆花园的时候……科尔内留斯在一只怪物化石前驻足许久，类似一副没有头的骷髅，冻结在厚厚的岩石之中……”

“一名无首族，没错。他们已经绝种很久了，席雅拉。”

“你确定?”

“百分之百确定。”

“那张母图令我担忧。虽然已经模糊难辨，但我看见好几个无首族的图案。它们上面大概覆盖了30或50层涂色。”

“才不止呢！席雅拉！无首族是这里最早的居民之一，而母图可追溯到欧赫贝初期的样貌。所以，你想想！这些图案恐怕已有几千岁了！你的眼力一定很好，竟能辨识出那么遥远以前的图层！一般而言，当探险结果出现任何争议，需要裁决之时，我们会请一位十岁的孩童来辨读母图……”

“孩童?”

“其实是一名孩童和一位老人。因为除了小孩之外，

还必须请来诠释长者议会中年纪最长的老人家。我们称呼他‘百名长老’。”

“我被搞糊涂了……”

“那名孩童看得见，却不知道名称。面对一个陌生未知的世界，他具有必要的天真。百名长老知识丰富。他能背出写在母图上所有的文字，包括用已经失传的远古母语所编辑的字句。他所欠缺的只有眼力。他的眼力太弱，无法辨识较不明显的形状。在他眼中，整个世界都在震动。一人辨认，一人诠释。这张母图要以这样的方式来解读：凭借孩童清明的目光，也需要一位记忆悠久的老人家，仰赖他的智慧和超脱的深度。”

“不过，阿札黛，母图为什么要由女性来画？赋予内陆大地面貌，如此沉重的工作，为什么要托付给女性来做？”

她瞪大眼睛，惊讶地转头看我。

“我还以为这是再明显也不过的事呢！席雅拉！万事万物都是女人诞生出来的呀！”

回去时，我刻意在下城区的小巷道里绕了一阵。若是很久闻不到港口的气味，体会不到以各种形态骚动着的生命力，我会受不了。我经常不由自主地伸手抚摸颈子上的海豚链坠。它跟我一样，感受到那股召唤，那份对汪洋的渴求。我还必须在这个地方待多久呢？手腕上的磁石似乎变得比较轻，光泽也比较黯淡了。我看见一个金发男子，不自觉地跟着他走。他转过身来，悲伤的现实瞬间变得沉重无比。

阿佛兰帝斯并未趁机对我纠缠追求，却也毫不掩饰仍抱持希望的心意。我若断然拒绝，必定要和他撕破脸。而我的处境太需要仰赖他的权势，我不得不更努力拿出耐性。他又两次带领探险队，深入云草丛，到很远的地方。

“印地岗人，”回来之后，他告诉我，“与我们交易之后就离开，从不滞留。他们转身就走，行迹立即消失。席雅拉，我发誓，我曾试图跟踪他们。然而，我宁愿迷失在薄雾之河，那比在那片辽阔的野草丛中迷路要好上十倍。”

“我相信您。但只要一天没有科尔内留斯失踪的证据，我就绝不会放弃希望。我知道，下一次，您一定会找到什么。”

“那将是最后一次了。”他叹了口气，“壮丁们顾虑很

多，犹豫是否要跟我去探险。他们不再愿意为了一个看起来没有意义的目标冒生命危险。坦白说，我多少也能理解他们的想法。”

“您的话中颇有懊悔之意。”

“一点也不。亲爱的席雅拉，您所说的悔意，其实是彻悟。如果我无法带回珍宝，就永远得不到大发现家的头衔。我成立探险队并非只为寻找科尔内留斯。跟他一样，我相信，那座蓝山和靛蓝双岛一定存在。您知道我们有多久没在内陆大地里发现新领土吗？请您试想：就算我只接近那两座岛一点点也好，我的家族该会享有多高的声誉？但是现在，最优秀的探路员们公开表示，他们宁愿跟比我有本事的人工作。三个月后，我必须领导这次的新探险行动，这将是我最后一搏名望的机会。然后，我就到了进入诠释智者议会的年纪了……到时候，您还会在这里的，对吧？”

“我会在的，我答应您。”

最后这几个字哽在我的喉咙里。我看不到这场等待的尽头。我也一样，闷困在那些长草丛中，奄奄一息。唯一令我盼望尽快到来的时刻，就是更新母图的聚会。在那段时间，我感到完全自在，我的手任凭引导，从不出错。下笔时，我不需要斟酌该用多大的力气，也不必沉吟该选择哪一种色调，结果总令我惊奇。萨娜拉默默鼓励我，一句话也不说，只微微点头表示满意。

“您不需要别人提点，席雅拉。母图完全知道您该做什么。”

有时候，这种情况也很尴尬。其他比较资深的彩绘女制图师眼见我赢得女长老的信任，对我毫不留情。事实上，我也没办法。我们不必说话，彼此就有默契。此外，这些聚会另有一个更神秘的特性：我不知道该如何解释，但更新母图能让磁石恢复活力。一天，一个突发事件扭转了现状。

萨娜拉生了重病。短短几天，她的健康状况急转直下。

我们所有的活动暂时停止。

一天早晨，阿札黛前来找我。女长老召令我到她床前。这是我第一次在她的寓所获得接见。她住在宫殿中一座符合她身份的阁楼里，完全根据她的使命打造。在这里，她各方面都很享受，拥有四处走动的绝对自由，可以随时开启禁忌或亵渎学问的档案。事实上，或许只

有“百名长老”的地位可以与她相提并论，而他也享有类似的生活条件，住在宫殿的另一端。两名仆人领我到她的房间，另一名仆人则指示阿札黛在一张丝绒长椅上等候。萨娜拉躺在床上。我们的女长老瘦得只剩下皮包骨和微弱得可怜的声音。只听她嗓子沙哑，气若游丝。一名女仆随伺在侧，注意着不让我们交谈太久，以免累着她。

“我们两人没说过几句话，席雅拉。然而，我自认对您有相当的了解。您不是一位普通的女制图师。您对母图有某种期待……”

“您想错了，敬爱的长老。”

“母图在您眼中是什么样子？”

“活的。我看见图上的湖水微微荡漾，听见河川水流潺潺……”

“的确如此，您和母图之间果然有这么一份强烈的牵连。”

“我并不这么认为。我跟其他女制图师并无不同。我们都喜欢更新母图的聚会，也都希望能很快再见到您。”

她虚弱地抬起一只手，闭上眼睛，调息呼吸。她示意我不要打断她，让她把接下来的话一口气说完：

“不，您的情况不同，不仅如此而已。您知道的，以某种角度而言，是母图选中了我们。在彩绘室，我很快就注意到您的与众不同。我说的不是您的名气，也不是出于一般人对一位外国女性，尤其是一位女航海家，自然会产生的好奇。更不是因为促使您来到我们这儿的那些不幸遭遇。我的年纪够长，不至于再受这类事件影响。从我的职责来看，抱歉，那只不过是意外罢了。不，我所说的是您对这张地图那种上天注定的亲近投缘，您与母图之间有一种明显的默契。我观察了您画的线条：虽然笔法拙劣，却始终正确……”

她停顿下来喘气。女仆擦拭她的额头，喂她喝水。

“男人以为他们带回了珍宝。”女长老继续说，“那其实没什么了不起。真正困难的，是供给他们东西去解读。而您，席雅拉，您有这方面的天分。在您的手中、目光中、听觉中，有那细微的颤动，那是生存之惊喜。那正是您赋予母图的，也正是它因为感恩而回报给您的。虽然，继承我的位置，您实在还太年轻，但是我还是决定把钥匙托付给您……”

“可敬的长老，我不能接受。您跟我一样清楚，这

么做会引发其他彩绘女制图师的愤怒。我必须说，在我看来，她们愤怒是有道理的。我是外国人，又才刚开始学习您的技艺不久。”

“决定的人是我，席雅拉。诚如您刚才所言，宇宙志是一项艺术，而非科学。在这方面，我有绝对的权力。我自己受到指派时，也并非没有反对声浪。您将会拥有该有的威严，能赢得他人的尊敬，可以轻松克服宫里的心机诡计。”

她再度暂停，大口喘气。

“我活不了多久了。您还不懂我国的律法。在我死去之后，为表示哀悼，母图将有一年不可变更。在这一整年中，没有人可以触碰它。您将是唯一可进入珍宝库的人。而您的任务将局限于观察可能发生的改变。除此之外，您必须负责整理笔记，为下一次的更新做准备。您应该利用这段时间好好补足对欧赫贝的认识。我已经任命几位彩绘女制图师辅佐您。您可以在所有厅室通行无阻。这一年过去之后，全体宇宙志学者将召开选举会议，确认我对您的提名。那场投票结果对您来说早已十拿九稳。您跟我一样，我们都知道，您已经征服了他们。在这座宫殿里，我们有好几个人都认为，该是接纳新血的时候了。而且，我向您保证，这是我第一次看见母图对一名新手的反应如此良好。你们之间的联系十分明显。现在，席雅拉，我必须事先提醒您，这是一份沉重的担子。您觉得自己挑得起来吗？”

“我必须考虑一下……”

“别考虑太久。我来日不多了。”

我当晚就做出了决定。

两天之后，她过世了。没想到，她的去世竟令我如此哀恸。她从来没有批评过我一心找回失踪恋人的行为有多么偏执；也从来没有阻止我的女伴带来一丁点线索——微小得可怜的线索，只不过维系着一场所有人都嗤之以鼻的白日梦。我接受她的请托，一方面因为怕屈服于阿佛兰帝斯的渴望；另一方面，也担心从此再也看不到需在珍宝库锁上一年的母图。

11

萨娜拉下葬于彩绘女制图师墓园。我听令搬进她的寓所。这代表着许多转变，例如，有 12 个人供我支使。即使在我称霸岗妲的时期，我所指挥的手下人数更众多，我却早已失去这方面的兴趣。我请来阿札黛。在她父亲的同意之下，她答应担任秘书一职。我决意尽快弥补我的不足与落后，埋头研究与欧赫贝历史相关的档案。宇宙志学者研发出许多荒谬的理论，其中最夸张的是，他们一口咬定：各大陆块不断漂移，从某种角度来说，陆地是浮在一片布满熔岩的汪洋之上。那些岩块不时从火山口喷出，与用针戳入一颗柳橙后，针孔会喷出汁液是同样的道理。根据他们的说法，欧赫贝仍是这片原始大地的核心，其他地方只是在经年累月中分散的零星陆块。

我的学习还包括深入参观内陆花园。少女阿札黛丰富的自然历史知识给了我许多珍贵的帮助。我回花园重看了好几次石化森林中的无首族。面对他们时，隐约有种说不出的东西令我好奇。在初次看见他们时，科尔内留斯还以为那是雕像。但是，经过仔细检视、探测石头颗粒之后，很显然地，这些化石骷髅不可能是用凿刀雕刻出来的。某种自然演进程序改变了这些原始形体，把他们身上的有机物质换成了矿物质。所以，每次研究他们的时候，侵入我心里的那种轻微的不安，究竟从何而来？

我每天勤奋工作，但到了晚上，却无法成眠。太多疑问缠绕不休。我养成了习惯，在所有人都入睡之后偷溜出去。我先去潜游短短一个小时，然后围上我的云绸长巾，在宇宙志学院这座大迷宫里探险。一开始，我经常迷路，走出一道长廊，或重新进入才刚离开的云雾图书室时，偶尔还会绊一跤。或者，我随便走上一道楼梯，突然就来到天文台的中央大殿，只见一座座巨大无比的天文工具竖立在前，它们可怖的剪影投射在圆顶下方。然而，当这些地方对我来说不再藏着任何秘密，我能在最漆黑的夜里来去自如时，我总是直接前往天尘图

室，翻阅科尔内留斯亲手绘制的那些地图。在漫长的几个钟头里，我幻想他徒步走过翠玉国半壁江山的情景，回忆我们愉快的航行、永高岛上那些秉烛长谈的夜晚，以及阿里扎德城那一座座漂浮庭园中单纯的幸福时光。我从不走同一条路线回来。我不断发现新的厅室，静悄悄地穿越这些铺满羊皮纸的房间，任指尖划过它们堆积尘埃的表面，低声念出已消失城市的名字。

然后，一天夜里，我突然惊醒，手腕剧烈疼痛。磁石散发出不寻常的光芒。我奔过云雾图书室，接着穿越通往彩绘室的长廊。在珍宝库门前，我的磁石变得更沉重，更咄咄逼人。门后方张着母图，没有旁人，我可以尽情观看图上的领土，不受其他目光干扰。母图覆盖着大黑布，我想象着它的样貌。少了我们的目光，世界还存在吗？答案是肯定的，当然；但是，只有在我们想看的时候，它才会显露出来，是我们的目光赋予了它意义。彩绘室的钥匙在我手上，对我来说，将钥匙插入门锁轻而易举。然而，有一股神圣的敬畏之感禁止我入内。我颓坐在门边，试图平静狂乱的心跳。当初，在我尝试渡过薄雾之河时，也曾突然爆发出这种感受，同样是这种无法抑制的恐慌。我已筋疲力尽，濒临精神崩溃。内陆大地仿佛一具活生生的形体，依然将我拒于千里之外，不肯接纳我。

这一瞬间，我恍然大悟，懂得自己在观看无首族化石时为何每每惊愕。这些生物的骨骼架构错乱，明显不合理，仿佛在成为生命体之前，曾有一只笨拙不稳的手画下了他们，创造了他们。我一跃起身，嘴里喃喃请求母图原谅，进入了彩绘室。我拉下覆盖在图上的服丧黑纱。俯下身来，靠近先前发现的那些隐藏在古老色层下的图案。它们已经不见了。难道是女长老发现我对它们过分关注，索性擦掉了？抑或是光线太暗，导致我无法辨识？我让眼睛先慢慢习惯黑暗，努力专注，终于找到一名无首族人的魅影，接着，在旁边又找到一个，仿佛有一种来自时间底层的声声呼喊，将它们召唤出来。我分析这些图案的形状与比例。果然，我心想，事实很明显。女长老说得没错。宇宙志并非一门科学，而是一门艺术，需要伟大的诠释家来解读。彩绘女制图师们不仅将旅行与探险记录誊在母图上，还难免在图上留下了画错的痕迹。画出这些无首族的女制图师们本意纯良，她们只是根据从内陆大地带回来的见证资料作图，但是事实上无首族并不存在。在世界其他地方也根本没人见过

他们，那充其量只是捏造出来的地理空想罢了。然而在欧赫贝，情况却完全不同。内陆大地宁愿不戳破母图的错误，反而创造出图上所呈现的事物。在薄雾之河的另一边，大自然的法则听从了母图所呈现的样貌，乖乖地产生出图纸上历年辛苦累积出的谬误。

我俯在地图上，再度为其华丽流泻的色彩深深着迷。长草汪洋微微轻颤，而我的磁石以前所未有的能量，朝母图中央放射光芒。我走进大厅旁的一间工作室。所有画具一应俱全，摆放得细心整齐。我用蔚蓝粉末调色，这种颜料能制造出那种既闪亮又清透的蓝。我又挑了几支画笔，然后回到母图旁。我小心翼翼地在图的正中央，开始画那座蓝山，如科尔内留斯描述给我听的那样美丽鲜明。蓝山下方，一道不明显的长条状逐渐显现。对，这大约是长岛的样子。我把磁石放在上面。它轴心旋转，指向我刚才画上的蓝色三角锥。当黎明第一道曙光亮起，我眼睁睁地看着那两座“岛”逐渐褪去，然后完全消失，被羊皮纸吸收不见。

次日深夜，我又原路回来。我在母图中央画上一个新的三角形，在三角形下方，再次逐渐显现一道新的长条。而这一次，它的轮廓变得清晰，有起伏凹陷，呈现出被峭壁包围的山谷。岛上的树木已伸展枝丫，数量倍增，形成一座座森林。但色彩那么淡，那么容易消逝，我不得不揉揉眼睛，才敢相信自己不是在做梦。就在早晨来临之前，与上一次如出一辙，这些景象再度消失。

后来的一个个夜里，长岛的样貌愈来愈清楚，然而我只希望能在它上方画出蓝山，让我的磁石在画出第一笔时闪闪发亮。渐渐地，我看见了村落。入夜时出现的那些小村，在接近清晨时，变成普通的营地。它们属于不同的族群，我只能得出这样的结论。

我开始辨识山径，可以回溯某几条小路，只为看见它们抵达源头。然后，一切在黎明前消失。母图抹去长岛，代表蓝山的三角锥融入长草草原那不成形状、令人沮丧的绿色霉斑。

从此以后，我每晚只睡两到三小时。在彩绘室里，我不断出错，变得疲累而暴躁。不由自主地，我与其他女制图师断绝了往来。阿札黛很担心。

“你当初不该答应的，席雅拉。女长老给了你一份有毒的礼物。你本来总是谈笑风生，讲述潜游与乘风破浪的幸福美妙；而现在，你面色苍白，像一抹淡影似的没有重量。我眼看着你一天天消瘦……”

“女长老已提醒过我：这是一副重担。我的确睡得少了点，但是你放心，我很好。”

她哀伤地微微一笑，仿佛为自己悲哀。

“我想，你不到筋疲力尽不肯罢休……”

“我只是疲累而已。”

“席雅拉，你想故意耗尽自己。”

“阿札黛！”

“你找到了这个方法，借此与科尔内留斯重聚。”

她热泪盈眶。我转开头，不知所措。我不懂得安慰人，从来都不会。

我已无法一天不赴母图之约。尽管浅淡，几乎难以察觉，但渐渐地，它把我那座蓝山的痕迹保留下来了。我只需重新描过那些抖动不稳的线条，覆盖上一颗蔚蓝或群青色的圆点，接下来，就能静候长岛缓缓显现。当我第一次看见人物出现时，不禁又揉揉眼睛。但他们真的在图上，正在树下行走。然后，我又看见村落中炊烟升起；还听见非常非常微弱的公鸡啼声，刚好与催它们消失的第一道曙光打招呼。

从某种角度来看，阿札黛说得并没有错。若是能像溜进床上的被单那样，融入这片微微敞开的风景，我付出任何代价也在所不惜。是的，我在毁灭自己。虽然我的力气一点一滴地离去，爱恋磁石却逐渐有了元气，一夜比一夜充沛。仿佛我的整个存在已厌倦这副臭皮囊，转而全心倾注于这颗不起眼的石头。

由于眼睛每夜使劲注视母图，我的视力日渐衰弱。不过，我仍能单凭记忆描绘出完整的长岛，在岛上画出印地岗村落，细数最不起眼的羊肠小道。我能说出岛上居民的人数，包括那种戴着羽毛头饰的流浪民族——我偶尔会看见他们从森林一个角落挪移到另一个角落。说来可能疯狂，但我仍锲而不舍地在寻找科尔内留斯。可是，我始终看不见他。然而，那一夜，那辆牛车吸引了我的注意。车子缓缓地在草丛中前进，驶向蓝山。所有科尔内留斯讲给我听过的——在一家旅店，与老布拉扎丁邂逅——瞬间浮现在我脑海。那是一辆灵车，我喃喃自语，而他走向最终的所在，远方的蓝山。手腕上的磁石变得好沉重，我必须用另一只手扶住。我听见牛车中发出一声叫喊，认出科尔内留斯的声音。一颗泪珠沿着我的脸颊滑落，滴在母图上。我下意识用指尖擦抹，在草丛中画出一道短暂的银亮，干了之后消失。而这一次，我清楚听见同样的声音呢喃："席雅拉！"

我的心脏狂跳不已，强烈得连太阳穴都仿佛遭到捶打。我强迫自己思考。我每天晚上来此，几近三个月。如果靛蓝双岛存在于母图，那么，就存在于内陆大地。我该如何帮助科尔内留斯回来？

第二天，在彩绘室里，我将阿札黛拉到一旁。

“阿札黛，请你一定要帮我安排，我要跟您父亲会面。”

“他明天就要带探险队出发了。这将是他最后一次探险。但我想，这件事你已经知道了……”

“我必须在他出发前见到他。”

“他很忙，席雅拉。”

“今晚，宫殿大门口。”

“我不能保证他一定会来。大家都不懂你为什么要离群索居，过着与世隔绝的生活。他比其他人更不谅解。我想，你不需我多费唇舌去解释其中原因。”

“你会跟他说吗？”

“嗯。”她叹了口气，“我当然会跟他说。”

阿佛兰帝斯果然来跟我会面。过了很久很久，他才打破沉默。

“您找我有什么事？”

“我有话跟您说。”

“我不懂这是什么意思。我已经三个月没见到您了。您选择了缄默，而现在，您却有话要对我说。阿札黛告诉我她有多么担心。而我见到您现在的模样，才晓得她转述您的消息时，其实已经隐瞒、美化太多真相。您已经完全变了个人，看起来像鬼魂一样。这不仅是因为女长老赋予您的重担，何况这担子本来就超出您的负荷。您为什么要摧毁自己？为什么摧毁自己的美貌、欢愉和年轻蓬勃的活力？为什么要摧毁我们的友谊？刻意夺走我们与您做伴的乐趣？”

“因为……因为我知道科尔内留斯还活着。而只有进宫来，我才能帮助他。”

他愤恨地朝空中挥了一掌。

“席雅拉，对您这些胡思乱想，我累了，很累很累。”

“阿佛兰帝斯，听我说。”

“不，太迟了。我做了别的规划。我放弃了那个虚无的念头，不再去寻找那两座岛了。它们根本不存在，您跟我一样清楚。您只要查阅母图就知道啊！这件事您办得到，钥匙就在您手上！阿札黛已经仔细搜寻过您的靛蓝双岛，什么也没看见。我不要像前几次那样，为了

追踪您那位科尔内留斯的鬼魂而耽搁。我要对您狠下心，您逼我不得不如此：这是为了您好，为了您的精神状态着想。早在很久以前，云草已弯腰覆盖在他的骷髅上！这就是事实！残酷的事实！就是您无能为力，不肯听进去的真相！”

“拜托您，亲爱的阿佛兰帝斯。我承认自己欠您朋友该尽的情谊。但正是以友谊之名……”

“够了，您那些友谊宣言，当面向我抛来的圈套，我受够了！我为您所做的一切，最后都变成报应在我身上的恐怖错误！我不会再听您的话。他们终于交给我一项能够成就功名的探险任务。我将与最优秀的探路员一起出发，并携带布设陷阱的最佳器具。”

“至少，请您告诉我，队伍要往哪里去……”

“我要去抓一头在伞树树林曾发现过的那种动物。”

“章鱼象。”我说，脑子里浮现阿札黛的绘图。

“正是。也因此，我会离开比较长一段时日。”他的口气稍微软了下来，“我自己也还不知道要多久……”

“但总之您还是会去云草草原……”

“不，席雅拉。我没有那么多时间。这一次，出了薄雾之河之后，我将直接前往伞树树林。”

“树林的边缘与云草汪洋接壤。”

“那个区域距离我们平时跟印地岗族接头的地点太远。”

“您只要派出一小群人，阿佛兰帝斯，几名探路员就好。”

“不！我需要所有的资源和人力。我们未曾捕获过这种动物，不知道它们有多么危险，想必无法从最短的路径带它渡过薄雾之河。这要花上好几个月，而在暴风雨季来临之前，我们一定得回来。”

说着说着，他激动起来，仿佛已经在那里，奋力克服所有障碍。在他对我的描述中，这些困难都成了能彰显他名声的挑战。而我，我只想要我所爱的科尔内留斯回来。

我点点头，拍拍他的手臂，轻声说了句：“祝您好运。”

他转身走远。

第二天，我一大早就进彩绘室。厅里空荡荡的。大家都去为阿佛兰帝斯的探险队送行。那是宇宙志学院有史以来阵容最浩大的行动。共有上百头驮兽，人丁的数

量亦差不多。领路的是盲人行会中的精英，还有身经百战的探路员。

我花了整个早晨研究以前的探险报告，抄下这些章鱼象的描述资料。是的，没错，它们的确是很奇特的兽类，但看到它们的人都距离很远（离得最近的见证者距它们有三百步之遥——在茂密的森林里，三百步！）。女长老果然没上当。当初她请阿札黛尽可能在母图上画出最低调的样本。她给的忠告，字字句句，言犹在耳。也可以说，她并不十分相信这些动物的存在，预定日后将把这些图案涂抹掉。相反地，伞树树林则完美清楚地标记在母图上，树林的确位于云草草原的边缘，但所在位置距离与印地岗族接头的地点十分遥远。我明白阿佛兰帝斯为何避免绕上这么长一段路。

接近中午时，女制图师们闹哄哄地来到彩绘室，七嘴八舌地讨论着探险队起程典礼上的表演。阿札黛气冲冲地朝我走来。我从没见过她如此恼怒，简直到了愤怒欲狂的地步。她严厉地喊我的名字，完全没顾及我的地位和她对我应有的尊重。

“直到出发，父亲仍寄望看见你。”她气得声音发颤，“你为什么没来跟他道别？”

“你现在是在跟彩绘女制图师长老说话，阿札黛。谨守分寸，控制你的怒气。”

“身为女长老，你应该出席他的起程典礼。其他所有宇宙志学者都到场了。你没有成全他的尊严！”

“你错了，阿札黛！我已亲口祝福他好运。我不需要在这么多人面前对他再说一次。”

那天晚上，我拿了一个捣钵，捣碾一小块爱恋磁石碎片，尽可能捣成最细的粉末。我把这些粉末与颜料混合，然后前往珍宝库。我将所有章鱼象的速写草稿摊在母图上。然后，我找到阿札黛在更新母图那天初次画上的第一批图样，参考着这些图案，在上面做了添补。我不只是用画笔拂扫过表面而已；不，我慢慢地画出这些动物，把它们画得跟手边的速写像一样：巨大、雄伟，有着奇怪的头部、六管象鼻和两只长长的茎柄。我把它们画成漂亮的灰蓝色。由于爱恋磁石粉末的关系，这种颜色在黑夜中隐隐发亮。

蓝山稳稳地坐落在母图中央，似乎已被永远接纳。牺牲了这么多个夜晚，我终于得到了期望的结果。它实实在在地标记在图上，而长岛也终于毫无疑问地刻画在

上面。再也没有人能说靛蓝双岛不存在。

我摊开黑布铺上去，它本应覆盖在母图上。

静悄悄地，我走出珍宝室，最后一次关上了门。

次日，一道宇宙志学者们提出的议案送至彩绘室。我缺席阿佛兰帝斯的出发典礼，这个举动被视为一项错误。宇宙志学院倾出宫中所有，支持他的探险计划，这是多年以来最重大的行动。阿佛兰帝斯·布拉扎丁押下他的名声，孤注一掷。没有人，尤其是他，愿意相信他可能再次失败。在礼制上，为了学院的未来，如此重要的典礼，女长老非出席不可，我不该轻忽。所以我遭到停职的处分，所有加诸我的荣耀也一并取消。这项消息一经宣布，立即造成轰动，整座彩绘室群情激昂，但对我却没有造成丝毫遗憾。当初在岗妲，我曾经历更凄惨的遭遇。相反地，我感到前所未有的自由。每天早晨，我重返海中游泳。我努力健身，决定在下次地底号来此停泊时，跟船队一起离开。无论发生什么事，即使科尔内留斯没回来，我也不能完全怪罪阿佛兰帝斯。或许他是对的，我根本无能为力。我需要漫天浪沫，需要舔舐沾在唇上的海盐结晶。

12

我在港口找到口译的工作，受雇于一家有点老旧过时的地图小铺。对欧赫贝而言，这是个颇为特殊的时期。虽然嘴里没说，但所有人都热切期盼阿佛兰帝斯归来，因为探险家已经好久没能从内陆大地带回珍宝了！珍宝或许并不会为人们的生活带来什么转变，但足以令人抱持梦想。于是，处处充斥着谣言、假消息和噩耗。某天，人们说探险队失踪了，另一天，又说他们尚未抵达薄雾之河，接着忽然传出阿佛兰帝斯的死讯，次日又改口说他只是受伤。对某些人而言，他是天才；另有些人则认为他无能，根本不该把如此重大的探险任务托付给他。据说他已成功捕捉了一头章鱼象。不，那头动物坠落山谷死了，这次探险大概又失败了，某某某早就预言了！时间过得愈久，谣传愈滚愈多，而我无法说自己

真的能置身事外。生活在这座城中，不可能不受这种希望与失望交错起落的痛苦煎熬。

破天荒头一遭，官方提前了好几天，宣布阿佛兰帝斯归来的消息。在他抵达的前一天，居民接获盲人行会向导的通报，全城张灯结彩，沿着探险之路洒落满地花朵。我猜，为求达到最佳效果，渡过薄雾之河后，他应该会在岸边扎营，等到明天早上，趁着美丽的阳光将停泊锚场照耀得闪亮辉煌之际，再凯旋进城。阿佛兰帝斯是一位思虑缜密的宇宙志学者。

沿街人潮汹涌，想走动一步都很困难。城里所有权贵、与宫殿有合作关系的行会，都派出代表团，穿戴上最华丽的服饰。城门边万头攒动，人太多了，我没有勇气一路挤到山上。而且，我实在好讨厌这种狂欢躁动的气氛！

我留在宫殿的一座角楼里。手腕上的磁石沉重无比，石头重重地压着我。我征询它太多次，它也不断挑衅着我的耐性。

现在，人潮开始倒流，街上喧闹嘈杂。我听见到处有人高喊几个名字：阿佛兰帝斯·布拉扎丁，探路队队长勒皮亚斯，以及盲人行会的领队席赫里斯。来了，我心想，大人物们下山来了！

紧跟在他们身后的章鱼象缓缓前行。它巨大、美丽，但周遭的喧哗巨响及众多人群把它给吓坏了，以至它的雄伟气派惨遭玷污摧残。它若不是被绳索拴绑，那一双双伸长的手怎能触碰到它？所以，这就是珍宝的下场吗？一个被锁链压得抬不起头来的王者！而我画在母图上的那些巨象仍自由自在地在森林里奔跑……

突然间，我发现这头巨兽有着我为它们调出来的美丽颜色。它的表皮在阳光下闪耀，布满晶莹的小亮点，一如捣成粉末的磁石。而我也看见，在随着人群步伐向前的章鱼象旁，有一名金发、眼神涣散的男子。

母亲传给我一件事，或许这是专属山上姑娘的习惯。这种拘谨自制的态度阻止我们在心脏跳动太猛烈时，飞奔到那人面前。我怕再次只看到自己一厢情愿的景象，再次被科尔内留斯还活着的幻影捉弄。我的双腿拒绝追随我的心意。我被钉在原地，在回廊的阴影中，一步也跨不出去。

直到他的双眼抓住了躲在幽暗深处的我，然后，我看见他朝我走来。我哑口无言，而他也一样。路上的人群纷纷散开。他的最后一步走得如此之急，我还来不及

开口，他的臂膀已经环住了我。

我朝思暮想的只有这个——环抱他，缠绕我，强烈地感受他的心跳依偎着我的心。再一次，听见他呢喃我的名字：席雅拉。

庆典延续多日。但就算是在世界另一个尽头举办也无妨，庆祝活动早已与我们无关。未来还有那么多美好的日子在我们前方！据说，节庆的最高潮是章鱼象迁入内陆花园那一刻。他们认为把它开放给所有人参观较好，而到目前为止，它一直被关在竖立在宇宙志学院宫殿门口的大笼子里。阿佛兰帝斯·布拉扎丁获颁大发现家的头衔。他派了一名家仆到我们的小房间来，邀我们去参加当晚的庆祝晚宴。

科尔内留斯找不到前往的理由，而我也丝毫没有参加的欲望。但我自觉对阿佛兰帝斯的慷慨款待有所亏欠，何况他曾给予我那么多帮助，还包括一些我不知道的。而且，我对阿札黛仍保有一份真心的关爱。

阿佛兰帝斯一如以往地接待我们，热情中带着一点官方派头，他认为这样较合乎他的身份地位。我恭喜他功勋显赫。他特地提醒我，当初我们两人坚持己见，各有道理，所幸我顽固地相信科尔内留斯还活着，而还好他也改变了探险计划。面对他冠冕堂皇的说法，我点头同意。何必戳破他呢？

“亲爱的阿佛兰帝斯，”我对他说，“等地底号回航到此，我想回报您的邀请，在我的船上接待您。您是否愿意赏脸，带阿札黛一起光临？”

他握住我的手，鞠了个躬，向我道谢，然后转身朝一群新到的宾客走去。

地底号恪守信约，如期回来。看见它扬着所有船帆，抵达泊船场，我高兴得跳了起来。世界上没有第二艘跟它一样的船了！即使在千百艘、千万艘船只中，我也能一眼认出它。泊船作业操作完毕。船锚从吊架下沉，铁链发出喀啦声响。听着这熟悉的声音，我不禁起了一身鸡皮疙瘩。小艇下水，离开大船，朝我们驶来。当马泰奥看见码头上科尔内留斯和我对他大力挥手的情景，他甚至忘记要慢下速度，仍继续猛力划桨，直到小艇冲撞堤岸才停下来。

帕当率先跳上陆地，后面跟着妮荷与安荷。她们激动地扑来抱住我，我差一点跌个人仰马翻。

此后不到一个星期，帕夫萨尼亚斯的船舰也到港了。帕当、马泰奥、帕夫萨尼亚斯、妮荷、安荷和瑙，我们这群永高岛的朋友终于团圆。这么长一段时间以来，我怀疑是否真能看到这个时刻到来，一直害怕再次相聚的时光必然蒙染忧伤。但科尔内留斯就在身边，能再看见他，每个人都高兴不已。沐浴在甜蜜的友情中，配合着炭火噼啪作响的节奏，我们重拾初次秉烛夜谈时的闲话家常，笑声连连。

出发前两天，我邀请阿佛兰帝斯·布拉扎丁和他女儿阿札黛登上地底号。就这一晚的时间，阿佛兰帝斯稍微抛下他那荣耀无比的新头衔。或许，他有心在别离后保留美好的回忆，表现得像我们初次相遇时那样迷人体贴。然而，尽管他外表光鲜，彬彬有礼，却仍无法掩饰内在的深深挫折感：从他皱起的额头，还有在回避某个句子时，眼中所散发出的某种光芒，我读得一清二楚。太多问题依然没有答案。他无法想象科尔内留斯为何能在云草汪洋存活这么久，心里也已深信，科尔内留斯与伊本·布拉扎丁的相遇绝对不是偶然。身为一位大发现家，他却只能吞下这个谜团，永远找不到解谜的钥匙。

我任由海洋的空气灌满肺腔。虽然天色已晚，周围所有的船舰、屋宅和街道还是热闹滚滚，人类的生活为它们装载了多少简单、悲惨或不同凡响的故事！就在这个时候，我又看见黑船滑过海面。它们又快又安静地穿越泊船场，朝宇宙志学院宫殿驶去。我们都跳起身，争看黑船经过。科尔内留斯趴在侧栏，阿佛兰帝斯随即跟着来到他身边，终于忍不住，颇为鲁莽地问他在云草丛中到底看到了什么。科尔内留斯的回答始终如一，在从内陆大地回来的路上，他已经说了好几次：他陷入了一场深沉的昏睡，印地岗族收留照顾了他，并亲自陪他走到伞树树林附近。

“所以，依你看，靛蓝双岛并不存在？”阿佛兰帝斯最后又问了一次，声音里似乎有一丝恼怒。

“不存在。”科尔内留斯说谎，“我只在睡梦中看过它们。”

我肩上披着云绸围巾，离他们有一段距离，但仍把他们的对话听得一清二楚。我晓得科尔内留斯的苦衷，他必须保护那些部族。他们不知道自己的梦境时分，他们的存在太脆弱。帕夫萨尼亚斯和马泰奥则大开眼界，对黑船流畅的操作惊叹不已，翻搅着航海的记忆。我的

永高岛姊妹采珠女们则开心地逗弄双胞胎玩。我看阿札黛一个人落单，有点手足无措，于是去找她。

"阿札黛，"我低声喊她，然后继续说，"不久后我就要离开了。我们以后应该不会再见面。但是，明天黎明时分，我将去你家门前。我有一份礼物要送给你，还要请你帮忙做一件事。你愿意为我开门吗？"

"我会的。"

她的眼睛蒙上一层雾。我将她紧紧拥在怀里。

第二天，依照约定，在太阳升起之前，我去她家门前等候，左手拿着一朵花，右手拿着一卷羊皮纸。门开了，女孩露出脸。我将羊皮纸卷递给她，她立即摊开来看。

"这是一张地图，阿札黛。航向永高岛的路线图。或许有一天，你也会渴望出发去远方……你比我年轻得多，所以什么都先别说。你不知道人生会给你什么，但没有任何事物，也没有任何人能强迫你把自己关在一座宫殿中过一辈子。这是我给你的礼物。"

"要帮忙的事呢？"

"希望你能陪我去一个地方。离这里不远，我想，一个小时内就能回来。”

天气还很寒凉。她回去拿了一件斗篷，然后下楼陪我离开。我爬坡朝内陆花园走，中途转向爬上城墙。这条路沿着花园延伸，通到彩绘女制图师墓园。我在女长老的墓前停下。草地上仅竖立了一块白色石碑，而这块形状不规则的石碑上呈现出贝壳化石的螺纹。这块石头是女长老亲自挑选的。她曾告诉我，贝壳的形状让她联想到耳蜗的曲线。“如果你有话想对我说，”她隐隐带着笑意，补上一句，“就来告诉我吧！谁知道，说不定我听得见呢！”

我牵起少女的手。

“阿札黛，这段时日，你对我很好……款待我，又一直支持我。你给了我力量和快乐。萨娜拉，我们的女长老，也为我们这段情谊打气。几个月后，她的丧事哀悼期即将结束。珍宝室将重新开启。覆盖在母图上的黑纱将被揭开。你将再次听见斑斓色彩合奏的音乐，再见到那些令人愉悦的图形。我们的女长老说，要成为彩绘女制图师，必须展现想象力，不屈服于霸道的现实。你也一样，也拥有一位伟大女制图师的天资。你将发现母图产生了变化，不要惊讶。到时候，我已经离开了，但

母图还在，它会对你说明一切。你只要凝听，用你的内心深处，去听它真的教导了我们什么……”

我把花朵放在萨娜拉的坟上。

再次感受到海浪在我脚底跃动，是多么幸福的一件事！

地底号将浪花抱个满怀，全速向前滚跃。我们扬帆前往永高岛，我们的小天堂。我们重回它的沙滩，回到棕榈树冠下的小村。我们在那里住了一个星期，一个月，一整年。

科尔内留斯的泳技愈来愈好，现在能潜得比我还深了。有一天，我们去香岛探望寰老爷爷和唐诺贝老婆婆。两人与我们初次相遇那天没两样，脸上布满皱纹，颧骨隆起，总是忍不住就要笑出声来。唐诺贝老婆婆想再摸摸我的象牙海豚。她预言我们的第一个孩子将要诞生。是个女孩，我将她取名为萨娜拉。在她之后，我们的儿子伊德里思也出生了。然后又有了月，我们的第二个女儿。地底号载着他们遨游碧海蓝天。跟我们一样，他们也都喜欢海风吹动船帆的声响。

“席雅拉，”一天晚上，科尔内留斯对我说，“如果有一天，你想停止追风逐浪，我希望终点是在这里，永高岛。”

我解下我的手环，也拆下他的。两颗磁石靠近之后，立即结合在一起。我紧紧握在掌心。

“你确定？”

“我确定。”

我用尽全力抛出爱恋磁石，它在空中划出一道长长的弧线，落入水底，留在这里，永高岛的海湾里。

13

现在，我们都老了。当然，不似唐诺贝老婆婆和寰老爷爷那么老。他们仍在人生的道路上缓缓踱步前行，毫不讶异自己还活着。但盐白已侵入我们的发丝，科尔内留斯的金发不再金黄，我的黑发也不再乌黑。

深夜里，我经常梦回欧赫贝。

月光下，我走过宇宙志学院的长廊，穿过高大的拱门，裹着我的云绸长巾，仿佛被一面幻梦的轻纱包围。

我行过一个厅又一个厅，完成昔日在汪洋上未完的旅程。我是流浪城堡的女守门人。

我握有诅咒图室的钥匙。凡泄漏这里所藏的地图者，一律以死刑论处。那么多的国王互相残杀，只为拥有它们。这些地图画出财富之路及掠夺之路，还有更可怕的，贩卖奴隶之路！

我悄悄地推开胆怯图室的门。这里的地图在高烧发热中草草画成，唯唯诺诺，模糊不清，面对蛮荒之地那个无法掌握的世界，惊惧不已……

我溜进消逝图室。在这里，一幅幅非常古老的世界地图寿终正寝，化为尘埃……而随它们一起无声消失的，是图上那些区域几千年的记忆。

我参观沉睡图室。沉睡的地图只受得了黑暗与寂静，因为，它们——噢！它们是最美丽的——只呈现世界的另一个部分：在我们醒着时，即陷入长夜的那一个部分。

我用指尖轻抚这些地图。它们在我耳边窃窃私语，诉说它们光彩的过去及已逝的荣耀。

一个个完整的国度，江河纵横，不再顶天立地，仅能凭借古老羊皮纸存在。它们的命运悬系于画出图案的

鹅毛笔，或啃噬终结它们的老鼠牙齿……曾经居住在此的部族，名称那么美丽，他们后来都怎么了呢？

泽尼特、昌盖优勒、欧巴奈、芒达格、谬思达勒，和那许多已消失的部落族群……

我看见各种婚礼的迎娶行列，听见舞者欢笑，衣裳窸窣细语，双足配合节奏，击踏在红土上，领我来到他们的宫殿前。在那些宫殿里，我见到穿金戴银、佩戴羽饰的黑人国王，他们的战士高举长矛，披着华美的毛皮，戴着兽爪串成的项链。我看见他们出发去打猎，而在他们的利箭下，各种奇幻恐怖的动物窜逃，潜入纸做的辽阔森林里。

而我，旅人席雅拉，独自在深夜的宫殿里，暂时停止流浪，给所有这一切最后一缕生命的气息……

我深入珍宝室。我伸出手指，迟疑地画下一张看不见的秘密地图：这里有两座湖，是眼睛；那里有一片森林，是头发。

我亲吻恋人的微笑：科尔内留斯，他已出发前往蓝山的国度……

我相信，我的灵魂也去了靛蓝双岛，与他团聚。

我的灵魂满载旅行，充满色彩，听从长者面饼那熏人迷醉的气味指路，以及来自故乡的芝麻香。

我是岗妲舰队大统帅，走私船长和采珠女，彩绘女制图师，痴情的恋人……

我闻到高山百里香的芬芳，听见散布香草灌木丛中的羊群响叮当。睁眼醒来之前，我是昔日那个小牧羊女。

我伸手触摸脖子上的象牙海豚，它为我开启了汪洋之路……

我听见科尔内留斯在睡梦中呢喃我的名，席雅拉。

我在黑夜中微笑，无畏四周围绕的暗影，因为，没错，即使在最深沉的梦境中，我仍是席雅拉，光之女神。